來
04完

祁避夏 帥帥的地球人蠢爹

很有魅力的流行音樂小天王，喜歡各種驚險刺激的極限運動。他由童星起家，卻不慎在少年時期轉型失敗，不過自從有了兒子祁謙後便一改陋習，甚至重拾信心回到心愛的演員工作，並與伴侶費爾南多結婚。

CHI BI XIA 祁避夏

CHI CHIAN 祁謙

祁謙 萌萌的四尾α星人

武力值爆表的外星人。高智商、低情商的他，平時一副面癱無表情的模樣，對人很冷漠，卻總能與祁避夏互相吐槽。長大後的祁謙演藝事業越攀越高，然而遲遲未出現的五尾君讓他依舊是「未成年體」，究竟他何時才能理解愛情呢？

I come from the other side of the universe.

除夕

CHU XI

除夕 聽穎體貼的小竹馬

個性堅韌勇敢，笑容燦爛，忠犬屬性，略腹黑。由於身分與經歷特殊，造就他攻於算計、長袖善舞、有仇必報。他的眼裡只有祁謙，對於靠近祁謙的男人就會特別注意。他想將自己所有的一切都給祁謙，奢望著祁謙也能愛上他。

費爾南多 陽光足球男

性格開朗的老實人，B洲足球隊的隊長，在球場上活力四射，已是代言費上億的足球先生。他擁有一手好廚藝，靠此征服了祁家父子的胃。他退役後與祁避夏結婚，夫夫二人時常不自覺的高調秀恩愛，跌破眾人眼鏡的相愛相守到生命盡頭。

阿羅（Aro） 危機處理達人

白齊娛樂的金牌經紀人，曾帶出不少全球知名的~~（問題）~~藝人，例如永遠處在腦殘邊緣的祁避夏、緋聞魔人裴越等等，唯一稱得上乖乖牌的祁謙，也不時讓他傷透腦筋。不得不說，一個成功的藝人背後都有一個偉大的經紀人！

徐森長樂 快樂的蛋糕公主

小說大神三木水的寶貝女兒，因錄製電視節目《因為我們是一家人》而和祁謙認識，要稱祁謙為小叔叔。藉由祁謙的邀請，她在皇室社交舞會上（御膳房裡）認識了皇太孫，而兩人純潔友好的情誼卻被媒體八卦成小倆口正在談戀愛！

福爾斯 幸福的宅小胖

超模米蘭達和球王蘇蹴的四兒子，個性開朗純真，小天使一隻。因錄製電視節目《因為我們是一家人》而和祁謙、蛋糕認識。天生良善的他，在大學裡被教官司徒卿揩油還不自知。面對司徒卿明裡暗裡的追求，福爾斯的選擇是？

I come from the other side
of the universe.

鍾情的腹黑獵人 司徒卿

大世家的直系嫡子，全家都從事軍職。自幼入宮，與皇太孫一起長大，成為彼此互相扶持的死黨；後因幫著皇太孫而得罪了信陽郡主，被調去教大學生軍訓課。認識福爾斯後，開始各種坑蒙拐騙小天使留在自己身邊。

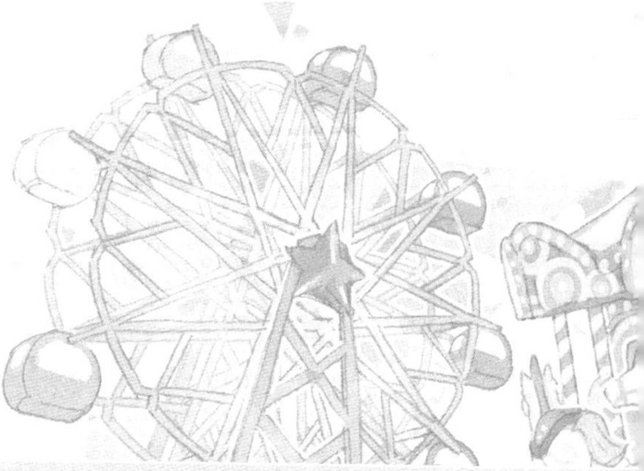

陳煜 不離不棄的影帝男神

從小就被母親嚴格培養成為演員，在Ａ國有不小的名氣。他小時候一直想成為祁謙的朋友，卻因為祁謙不懂人際交往而屢屢受挫。長大後，他陸續與祁謙合演不少電視劇，對祁謙的感情是越來越重，最後決定主動告白。

三木水（徐凌）國民岳父

知名網路小說作家，已故文學大師晴九的親戚，與同性伴侶森淼共同養育女兒蛋糕。三木水的不少作品都改編成電影，且有祁謙演出的加持，票房十分可觀，然而他續寫出版並開拍晴九遺作《世界》，卻引發讀者意見分歧。

維耶 自我感覺良好的中二少爺

埃斯波西托家族的少主，裴爺的死對頭家族，過去與阿多尼斯、阿波羅、陳煜是好朋友。他外表看似純良無害，其實內心善妒、行事狠厲，且不易控制情緒。而維耶的另一個身分，卻是除夕和祁謙都熟悉的……

CONTENTS

×月○日　第二十五篇日記

我需要「休息」

陳煜生日那天，一向在「時間」上特別摳門的劇組難得放了他一整天的假，說是生日一年只有一次，希望他能好好和家人過個生日。但其實做主放假的投資方——除夕的內心想法則是：最好這輩子都別在我和祁謙的眼前晃了，早點消失吧！

於是，本著這種不那麼團結友愛的目的，陳煜還沒來得及高興生日真的能請假成功，就接到了祁謙無法出席他生日的噩耗，因為導演組不給祁謙這個男主角假。

甚至祁謙還要加班加點，一直到凌晨。

「沒事，工作第一，這也是無可奈何的事。我理解，你別在意。」陳煜是這樣安慰祁謙的。但是他心裡其實很清楚，這根本就不是什麼「無可奈何」，而是「人為」，有人在想盡辦法從中作梗！

作梗人選不言而喻——裴熠。

「你要是老老實實只當阿謙的朋友，我自然不會與你為難。」除夕在陳煜找上他之後，是這麼理直氣壯回答的。他雖然不可能學陳煜的媽媽林珊那樣惡意挑撥他們倆之間的友誼，但他還是能夠稍稍運作一下，減少兩人之間的接觸，順便破壞陳煜的表白計畫。

「我要是不呢？」陳煜好歹也是個小金人影帝了，又在演藝圈摸爬滾打了這麼多年，底氣十足，「你又是以什麼立場來警告我的？」

「自然是阿謙的朋友。他不會喜歡你的，也不可能答應你。與其將來你說了讓他為難，再因為失去一個朋友而難過，我寧可做一回壞人，現在就跟你說清楚。有些人不是你能覬覦的，你配不上！」連除夕自己都覺得自己配不上祁謙，更遑論別人。

在祁謙和他的朋友們面前，除夕從未敢表現出太過凌厲的一面，生怕破壞了祁謙對他的好印象，但如今面對的是對祁謙有企圖的陳煜，除夕覺得自己已經沒必要再偽裝了。

「你這簡直就是強盜邏輯！你又憑什麼能衡量我配不配得上？好像你就能配上似的！」

「我也配不上啊。」除夕回答的特別乾脆。

在他的世界觀裡，祁謙值得最好的一切。祁謙就是最好的，無論祁謙本質上是什麼人，他都是最好的，誰也別想玷汙！哪怕是他自己都不行！當然，要是祁謙自己願意就另當別論了，好比祁謙在他不知道的時候認的爸爸祁避夏、爸爸的伴侶費爾南多，以及他的一干小夥伴們。那是祁謙的願望，除夕就會不顧一切的幫他實現。

其實本質裡，除夕還是過去那個裘安之親手教養長大、曾做過恆耀一把手的裘熠，心狠手辣，又不近人情。

只有祁謙是不同的，除夕心甘情願為他改變自己，為他收斂胸中戾氣，只要他喜歡。

陳煜被除夕的話硬生生嗆住了，當對方都說連自己也配不上時，他又該如何反駁呢？

「配不配得上不是由你說了算的！你不能幫祁謙做決定！」

除夕搖了搖頭，一臉無奈的看著陳煜，莫名的讓人覺得那一刻的他與變態裘安之重疊在了一起——兩人的外貌並不像，但神態卻高度一致。

除夕對陳煜說道：「你怎麼還不明白呢？我沒有替祁謙做決定，只是我知道他不會喜歡你，我在為他剷除有可能會破壞了他友誼的不安定因素。」

愛情的表達方式有很多種，獨占欲、相知相守又或者是……除夕這樣是比較特別的，他不求自己能和祁謙在一起，可以說是在這段感情裡完全摒棄了自己所求，只願祁謙開心。

在除夕看來所謂的「我要我們在一起」、「我已然給了你我最好的」不過都是一種始終維持著自我的自私表現，那些人的出發點永遠都是自己，而不是對方。除夕愛祁謙，於是他捨棄了自己，哪怕祁謙不喜歡他，哪怕祁謙喜歡別人，他也會不離不棄。

「你又怎麼能肯定祁謙就不喜歡我呢？有些事情不試過又怎麼能知道！」

陳煜還是不願意放棄，從很小的時候開始，他就對祁謙有一種近乎執著的想要親近的想法，一開始不明白那是什麼，直至在發現了母親設套離間他們友誼後，母親辯駁的一句「你對他根本不像是朋友，更像是戀人，我只是不想你迷途深陷」才點醒了他，原來他愛上了祁謙，不是想當朋友的那種，是想成為永遠在一起的戀人的那種。

陳煜掙扎過，這也是有段時間他沒怎麼和祁謙聯絡的主要原因，他在掙扎自己這樣做是否是對的，把本來並不是同性戀的祁謙拖下水。

直到祁謙的父親和一個男人結婚的消息傳出，祁謙適應良好，陳煜這才覺得或許祁謙也是能接受同性的，那他為什麼不試一試呢？即便不成功，也算是了了自己的一樁心願，免得日後不斷的在「我當初要是表白了會怎麼怎麼樣」的悔恨中度日。

「幸福和成功是自己爭取來的！不是等著別人的施捨和決定！」這是陳煜從小奉為真理的觀念。

「我就是知道，沒有為什麼。」祁謙在沒有成年前是不會考慮愛情的，這話除夕沒辦法對陳煜說，也不打算說。

「你！」

「如果你不肯放手，我會『幫』你。」

除夕狠起來的時候，其實還是更習慣用裴安之的思維去解決問題。

什麼叫裴安之的思維？

不服往死裡打的簡單粗暴思維唄……什麼，還不服？陰死你！

◎◆◎◆◎◆◎

祁謙這邊根本不知道除夕和陳煜在私下裡的對話，因為他正忙著拍戲，他需要儘快把在其他劇集裡和祁避夏的對手戲拍完。

祁避夏能任性的耗在劇組裡這麼長的時間已經是很不可思議了，畢竟他現在的主業是歌手，而不是演員。再浪費時間下去，阿羅就該抓狂了。

在經過多方協調之後，劇組也是盡可能的照顧到了祁避夏的時間。

要不怎麼說祁避夏拉仇恨值的能力很強呢，一般的演員哪可能讓劇組跟著他的行程時間走，沒看劇組裡的老戲骨大多也都是遷就劇組的時間安排嘛。結果祁避夏這個跨行的大明星倒是好，多年未拍戲，一上來就拍大製作，結果還必須要劇組遷就他，他以為他是誰啊！

祁避夏表示：我以為我是祁避夏啊。祁氏的族長，白氏和齊氏的姻親，裴氏的太子爺和太孫一個住我家隔壁、一個在我家養著，不服你咬我啊！

對此，敢怒不敢言的人頗多的，於是網路上開始頻頻傳出祁避夏在劇組耍大牌的消息。

結果不用白家出面把這件事情壓下去，網路上對這件事情本身的言論就特別好玩——

「PO主第一天知道祁避夏的為人嗎？敢不敢爆點大家不知道的事情？」

「殿下還好嗎？我要看我殿最新動態！蛋糕和福爾斯開學之後都不去劇組探班了呢，拿不到我殿近照不幸福嚶嚶嚶……」

「陛下竟然到今天才報出負面緋聞，天了嚕，他真的是要從良了嗎？」

「皇室果然威武！能讓陛下忍到今天！」

「明明是陛下在照顧我殿，父子激萌！」

「PO主炒緋聞能力不行啊，剛入行嗎？」

網路就是這麼一個神奇的世界，一如曾有人說過，當你把一個中等長相的人的照片貼到網路上後，假如你隨著照片附著的話是「這人好漂亮」，那麼大部分的回覆就會是「長相明明不怎麼樣啊，醜死了」；但如果你寫的是「這人好醜」，反而會有不少人說「PO主是傻了嗎！什麼眼光啊！我看明明很漂亮」。

在祁避夏的負面緋聞已經到達一個境界之後，你再說祁避夏有什麼不好，別人的反應也只會是「哦」，又或者「其實祁避夏也還是有好的一面啊」。

大家都愛唱唱反調。

特別是當《天下》第一季後期劇情中，祁生守城戰死的過去被播出來之後，這種「祁避夏其實也很好」的言論就開始大面積的洗板了，以一種連祁避夏自己都被覺得不可思議的速度把他洗白了。

祁避夏對此自然是喜聞樂見的。當然，要是他的微博下面沒有什麼「你永遠活在我的心中，祁生大人」的評論就更好了。

隨著《天下》的大熱，原訂五集的第一季變成了八集，並火速被各大電視臺預定了第二季、第三季，甚至遠銷海外。第二季的主角是陳煜飾演的五皇子，第三季則是祁避夏飾演的祁生。據說如果反響好，劇組會慢慢開始翻拍更早以前的皇室，透過這樣有一些關聯、卻又關聯不大的方式，在這一季裡推上一季的配角。

祁謙飾演的祁跡的結局，本來是拍到第五集時和他父親祁生一樣守城戰死，哪怕是身中數箭，也靠著一柄長槍屹立在城頭上，保持著站立的姿勢死去，表達了這個角色永不屈服的精神。

然而劇本反響實在是太熱烈，粉絲反應太魔性，連女皇都成了電視劇的忠實粉絲，並表示祁跡要是真的死了，咱們就該談談人生了。於是本來的迷你劇就被無限加長了，但也只能是在中間的過程裡添加東西，結局是不會改變的，他們要尊重歷史，祁跡確實是英年早逝，戰死沙場，只留妻兒在京城被五皇子照顧，待五皇子登基之後，追封祁跡為關內侯，由稚子襲爵。

現實終究不是童話。

不過，為了照顧年事已高的女皇的情緒，這個結局被劇組想辦法拖到了第二季裡，前面先加塞的拍了五皇子在沒有遇到祁跡之前的困苦卻又樂觀的宮廷生活，然後才把祁跡寫死。

總之是要死的。

幸而那個時候已有了五皇子這個形象勾著觀眾的注意力，他們雖然會為祁跡的死惋惜，卻也會覺得這是歷史的必然，生得光榮，死得偉大。有些人、有些事雖然會遺憾，卻走到那一步時也會覺得這就是結局，再沒有更改的辦法。

本來在眾世家之中名聲早已不顯的祁家，用這個特別神奇的姿勢又一次回到了大眾的視野。不少世家都在觀望，想著這是否是祁家重回主流社會的徵兆。

最後，祁謙終是沒能聽到陳煜當初跟他說的「在我生日那天我有話跟你說」的話到底是什麼話。

祁謙在《天下》中的最後一場戲，就是他站著死不瞑目的那一幕——城門下屍骨累累，火光沖天，城頭上一杆銀槍孤立，曾經鮮衣怒馬的青年身中數箭，鮮血染紅了銀光閃閃的輕甲，他睜著雙眼，彷彿還在警惕著前方的敵人。

生當作人傑，死亦為鬼雄。

背景音裡，是青年臨行前對摯友說的最後一段話：「此番只是暫別，待陌上花開，你我再把酒言歡！」

不少網路上的粉絲在祁跡與五皇子還在京城說出這句話時，就已經開始狂刷彈幕。

「侯爵大人慎言啊！」

「死亡 flag 立的飛起。」

「編劇是因為嫉妒我殿的美貌，要對我殿痛下殺手了嗎嚶嚶……」

「看來女皇真的該和編劇談談人生了。」

「編劇也是為了尊重史實好嗎？前面不懂就別瞎說，即便沒看過祁家家史，至少也該學過歷史吧，關內侯注定要死在這一役了。」

「我不管什麼歷史，我只想繼續在電視劇裡看到殿下，要不就不看這破劇了！」

不管粉絲多麼賭咒發誓如果祁跡死、祁謙退出劇組，她們就不看《天下》了，溫編和翁導還是堅持了他們最初的選擇，頂著和女皇談人生的壓力拍死了祁跡。

前面說再也不看劇的粉絲……還是追了下去，並永遠的記住了祁謙飾演的祁跡。

往往悲劇更容易被人所銘記，那份殘缺與遺憾在觀眾的大腦裡留白了足夠的空間，而《天下》會隨著祁跡的「死」，成為一個時代的深刻印記。

神奇的是，無論什麼劇情，只要有祁謙出現，就肯定刷成重災區的彈幕，卻在祁跡戰死的那一幕時乾淨的彷彿觀看者無意中關了彈幕的按鈕。不少人在前面紛紛表示「前方高能，觀影需自帶紙巾」，但在後面，他們卻並不是真的哭得來不及打彈幕，而是那幾十幀的畫面震撼到讓人不忍心用任何東西去破壞，也不許別人去破壞。

祁跡矗立城門的影像，漸漸與他的生父祁生孤守時重疊在一起，祁生在嘶吼：「哪怕戰至一人，也絕不投降！」

這句話出自祁家的家訓。至於歷史上，祁生死前到底有沒有喊出這句話，那就不得而知了，這只是編劇的藝術渲染。事實上這話的後面還有半句——我祁家子孫後代，只有為國捐軀的烈士，絕無苟且偷生的懦夫！

到底是為信仰死，還是為信仰忍辱負重，C國這些年一直都在爭論不休，為避免將好好的劇情陷入無休止的爭吵，溫編最終決定在電視劇裡抹去後面的話。

螢幕上，祁跡死時的場面是十分恢弘的，烏雲壓城，大氣磅礡，那種夾帶著血腥味的絕望好像已經能撲面而來。

但祁謙在真正拍這一幕時，現場卻是……

簡單的道具堆做斷壁殘垣的城牆，祁謙穿著到處都是白點的簡衣，面對前面的綠幕，在大型鼓風機的吹拂下，依槍而立。

這就是電影拍攝的方式，大氣的場面都是後期特效，現場根本沒什麼實景拍攝，也拍不起來。一部電影炫不炫，現在的主流趨勢是看後期團隊和特效師。

所以很多觀眾事後表示看這段哭得泣不成聲，但在劇組裡可是一點悲愴情緒都沒有的。

除了祁謙。

「這一部劇裡你兒子真的是進步不小啊！」溫編對祁避夏如是感慨，「哪怕是在這樣的背景下，他的表情也沒有絲毫違和，這才是真正的演技派。」

「還是全賴劇裡各位前輩的照顧提點。」祁避夏表現得再謙虛不過。

編劇抬眉，「你拿錯劇本了嗎？這不像是你祁避夏會說的話啊。」

「那我應該說什麼？」祁避夏睜大一雙眼睛，表現得無辜極了。

「大抵不外什麼『那當然，也不看看是誰的兒子』，又或者『哈哈，我早就知道我兒子會表現得越來越好』諸如此類的話吧。」

「嘿嘿，還是您瞭解我，不過既然您也知道這種事實，就不用我說了啊。」祁避夏的笑容狡黠，在自己的問題上他很愛臭屁，但在對待兒子的事業上，祁避夏表現出了絕對超越他情商和智商的手段，從來不會給他兒子結沒必要的怨、樹沒必要的敵人。

溫編一愣，然後搖頭失笑，「你要是肯把這份心用在你自己身上該多好。」

「用在我兒子身上也是一樣的。」祁避夏看著那邊的祁謙，笑得驕傲極了。

隨著翁導一聲「卡——」，祁謙在《天下》劇組中的戲分徹底殺青了。接過翁導手上去晦氣的紅包，祁謙認認真真的說了一遍劇組裡每個在拍過死人之後的演員都要說的「神佛莫怪，鬼差莫信」。

祁避夏趕忙上前告訴兒子，他託人請了坐忘心齋掌門的嫡傳弟子來為他做法事。

「你這是準備找人收了我？」祁謙對祁避夏說了一句冷幽默。

「不怕一萬就怕萬一啊兒子！你以後的牌位可是會在電視劇裡長期出現的，還有扶棺北上什麼的，多不吉利啊。」

「上一季我也沒見你這樣。」

「我是我，你是你，你一個小孩子能和我比嘛？」

「我成年了。」祁謙開始有點喜歡地球的這個規矩了，不用漫長的等待不知何時才能長出來的第五尾，只要年歲到了就能理直氣壯的說自己是成年人了，「除非你跟我一起做，否則我也不幹。」

「成！」祁避夏無奈答應了兒子，心裡卻是很甜蜜的，不過嘴上還要逢人就說「真是前世討來的孽障」，而在聽到別人恭維說「這是兒子孝順你呢」，他又會一臉掩飾不住驕傲的虛偽道「哪裡哪裡」。

典型的C國式家長。心裡別提對孩子有多滿意了，卻又要故作不喜，只為冷豔高貴的享受別人對孩子的誇讚，對自己有子如此的豔羨。

這在祁謙看來就是……有夠丟人的。

而祁避夏還不忘對劇組的人上說一句：「今晚我包下了帝都的輝煌大廈的頂層，誰不去就是不給面子。」

最後這個請客的事情，祁謙倒是挺樂意祁避夏做的。祁避夏第三季就要進劇組拍戲，能提前更加努力的和劇組打好關係自然是好的。

《天下》的工作徹底殺青之後，祁謙就在家裡閒了下來，不是沒有工作了，而是都被他推了，他總覺得他需要好好的休息上一段時間。

「被累壞了嗎？」祁避夏一聽這話，趕忙上前看兒子是否安好。

「我多做點好吃的給你補補？」費爾南多緊跟而上，他真的是擔憂極了，祁謙這孩子一直很乖，從不抱怨，和祁避夏這種有一分痛苦就恨不得誇張成十分的性格截然相反。如今他突然說想休息……費爾南多根本停不下來自己的腦補，「你想吃什麼，爸爸都做給你吃好不好，嗯？」

只有看著財經雜誌的除夕深知祁謙的心，他淡定道：「我已經幫你整理下載好了你在追但是已經好久沒來得及看的動漫畫，以及一些你會喜歡的新番。《法爾瑞斯online》最近又開了新的等級，還有新地圖，你的頂級還是最高的，地圖幫會裡正在開荒，進度表我也已經幫你羅列好了。」

對，沒錯，為了拍戲，祁謙已經太久沒有接觸這些了，連刷微博和微信都很少，他表示他一定要休息一段日子補個夠本！

「！！！」祁避夏很憂傷：怎麼辦，我對兒子的瞭解還不如裴家那個混小子多……

費爾南多正準備安慰自己的戀人，就聽祁謙說：「我覺得補補也是必須的。」然後費爾南多就顧不上祁避夏了，趕忙奔赴廚房這個重要戰場，開始為兒子做好吃的。

徒留祁避夏欲哭無淚。

祁謙曾經想過，有了費爾南多的話，會不會讓他失去祁避夏？現在他確定了，他不僅沒有失去祁避夏，還又多了一個小夥伴。

「改天重新拍一套全家福吧？」祁謙建議道。

在祁家隨處可見各種人物的照片，最大的客廳裡有祁謙零到六歲的照片牆，樓梯旁邊的牆上是祁避夏和祁謙拍的父子照，壁爐上擺放的是祁謙從六歲到十八歲每一年的生日照。

但這些照片的主角主題，永遠只有祁謙，哪怕是祁避夏和費爾南多的結婚照，也只是掛在了他們自己的房間牆上。而在床頭上，依然只有祁謙小時候抱著泰迪熊不太高興面對鏡頭的照片。這些足夠讓人一進門就清楚這個家裡誰是最重要的。

祁謙卻不怎麼喜歡，他想有一張全家福。

「好啊好啊！我們三個一起照一張，然後乾脆也不用什麼大照片了，直接彩繪噴成一面牆好了。」祁避夏立刻忘卻了憂傷，全身心的投入到了這個新點子裡。

「三個？你想把你和費爾誰扔下？」祁謙表示：我和除夕是綁定的，你不知道嗎？

「……我？費爾？你、你要帶上除夕？！」祁避夏終於找到了他的理智和嘴，「這可是全家福啊全家福！」

最終，除夕的臉也還是跟祁謙、祁避夏以及費爾南多一起出現在了祁家的牆上。現在祁家真的出現了當初祁避夏最擔憂的局面，在事情的決定上，三比一，他反對無效，哪怕不算除夕，也是二對一。

「這日子簡直沒法過了！」

◎◆◎◆◎◆◎

祁謙因為《天下》的拍攝，最終無緣了那一年年底小金人的角逐，雖然官方給祁謙和祁避夏父子送來了觀禮的請帖，但他們卻沒參加。

祁謙沒有出席的理由不是外界傳的什麼心灰意冷，只是單純的還有動漫畫沒看完。

祁避夏則是忙得根本沒有時間。他要為即將開始的《天下》第三季的拍攝空出時間，自然只能在這段日子加班加點的工作。祁避夏每天都忙得腳不沾地，不到深夜根本回不了家，連早上多年如一日的陪兒子晨跑都不得不停了下來。他倒是不想停，但架不住祁謙和費爾南多合夥鎮壓。

「你每天已經夠忙的了，再加上晨跑，不要命了嗎？」

唯一能安慰祁避夏的，就是除夕最近也沒能加入晨跑。他越來越神秘，經常神龍見首不見尾，感覺比祁避夏還忙，卻從不肯開口說他在忙什麼。

於是家裡一般的日常就變成了費爾南多和祁謙各幹各的。

費爾南多也有自己的工作，但他的工作很清閒，老闆是自己，員工也是自己，賺了賠了決定的不過是他什麼時候能為戀人買飛機，無所謂生死，也無所謂溫飽，於是自然而然的就因為沒有緊迫感，在最後鬆懈了下來。

一旦閒下來，費爾南多發現很多以前一直沒能注意到的問題，輕易的就出現在了眼前。

好比祁謙真的是在用生命看動漫畫。哪怕是早上晨跑和吃飯的時候，祁謙也是谷娘眼鏡不離身，一刻不停的看著動漫畫，每每看得費爾南多心驚肉跳，生怕祁謙在晨跑的時候沒注意到前面而撞上什麼，又或者是在吃飯的時候一個不注意把叉子插進嘴裡……

當然，這些都沒發生，也是不可能發生的，因為祁謙一般沒什麼用武之地的遠超於地球人的身體素質，基本上都用在了這裡。

看著祁謙這樣從早看到晚，費爾南多甚至都懷疑祁謙晚上是不是根本都不睡。本來費爾南多想和祁避夏商量一下這件事，但祁避夏卻往往因為白天的工作而累到直接睡過去，讓費爾南多找不到時間、也不忍再用這個來煩他。

於是，費爾南多只能在心裡跟自己較勁，他有點拿不定主意是不是要干預一下祁謙。

直至這一日的早餐桌上，福爾斯打來3D投影電話找祁謙，開場白就是一句不容人思考的：「A國語中的『原來如此』怎麼說的來著？」

「soka。」祁謙不假思索的回答，引得全家側目，他這才意識到不對，改口道：「呃，I see。」

「哈哈哈！原來網路上說的是真的誒！司徒卿今天轉給我的網路文章上說，這是動漫畫中毒的表現，我身邊的人裡也就你和蛋糕的小表姨常戚戚到現在還愛看動漫畫了，就拿來測試一下。」電話那頭的福爾斯笑得特別欠揍。

祁謙瞇眼盯著福爾斯，一臉「你死定了」的表情。

「別不信啊，要不我再問你一個，不許思考，要下意識的說哦！『什麼』怎麼說？」

「na……nani。」祁謙認命了，雖然他緊接著就會想到正確答案「what」，但第一反應是不會騙人的，他最近真的是看了太多動漫畫，不過那又如何呢？想及此，祁謙聳聳肩也就沒再糾結此事了，愛看動漫畫又不是罪過。

費爾南多卻記在了心上，覺得不能再這樣放任兒子下去了。

但是該怎麼辦呢？

這種事情費爾南多是肯定不會去諮詢心理醫生的，即便有保密協議，也難保他們不會為了名氣和金錢洩露，到時候那個心理醫生頂多是在行業裡混不下去，但對祁謙的影響卻是徹底無法挽回的。

這些年，青少年網癮和精神汙染的問題甚囂塵上，網路上開始出現一種名為精神鴉片的毒品，引起了國家嚴格管制和社會的廣泛關注。這種毒品比冰毒的癮都大，很難戒掉，傳播方式卻十分容易。一些專家學者開始叫囂這都是高科技文明的錯，連森淼的時代遊戲都受到了不小的抨擊。

在這個關鍵時候，祁謙是絕對不能和這種事情有任何牽扯的，哪怕只有一點點聯想都不行！祁謙出道這麼多年潔身自好的形象，不能因為這個就毀了。

也因此，費爾南多產生了一個更恐怖的猜測：祁謙不會在大家都不知道的情況下，已經染上了這種毒吧？！

結婚前，祁避夏和費爾南多開誠布公的談過，關於他過去的墮落生活，真是不可謂不精采。要不是因為這人是祁避夏，他愛著的祁避夏，費爾南多覺得自己肯定是不會和有過那樣過去的人交往的，因為誰也保證不了對方是否會再犯。

費爾南多也不知道毒癮這種東西會不會傳染，他真的很害怕。

費爾南多沒辦法求助別人，怕自己腦補過度，給祁謙帶來不必要的麻煩，所以他只能匿名在網路論壇裡發問，然後按照網友教的幾招開始檢測祁謙是否中招。

網友們給出的網路毒癮表現是這樣的：整日一刻不離電腦、手機、遊戲艙，與家人缺少交流，對外界漠不關心，開始大量的往網路上花錢；一旦讓他們放下手中的科技產品，他們就會出現很大的反感與不情願；強制拿走之後他們就開始心神不定、坐立不安，甚至焦躁不堪；長時間之後會萎靡不振又或者暴躁易怒，甚至出現很強的攻擊性。

祁謙有一些符合，但大部分都不符合，這讓費爾南多放心不少，然後他就找上祁謙，和他交流，希望他能夠放下谷娘眼鏡，他有事情和他談。

祁謙依言摘下了眼鏡，全然沒有任何不捨，只是專心致志的看著費爾南多，關心的問他道：「怎麼了？家裡出事了，還是你……？」

看著祁謙如常的表現，費爾南多這才終於長舒一口氣，放鬆了下來，和網路上說的真的不一樣。

「我只是……只是擔心你。」費爾南多最終還是決定坦白直說，「你知道網路上最近從A國傳來的精神鴉片嗎？你自從休息下來之後就一直在看谷娘眼鏡，我就有點胡思亂想了，抱歉。」

「不，應該是我道歉，讓你擔心了。」祁謙還真的不知道網路上已經有了這種東西，他不得不開始重新審視地球，在別的高科技方面地球也許不及α星，但在精神腐蝕方面，地球真的是達到了極致，實在是讓人不知道說什麼好。

「你沒事就好，我只是覺得你也許應該試試別的休息方式，好比出去旅遊、做一些運動什麼的。如果你不介意，我可以陪你。」費爾南多一直在注意說話的尺度，畢竟他不是祁謙真正的父親；他是很喜歡祁謙，所以生怕孩子因為他的話而產生逆反心理，「你看行嗎？」

「好啊。」點了點頭，祁謙欣然同意，他喜歡這種被人關心的感覺，更甚於他對動漫畫的喜歡，「不過我不知道哪裡比較好玩，你有什麼建議嗎？」

費爾南多沒想到祁謙會這麼好說話，在驚訝的同時，也很高興的拿出了他早就準備好的出遊計畫，他一開始還以為自己要費很大一番功夫才能說動祁謙。為了能讓祁謙同意，他提前準備了不少資料和計畫，都是祁謙會喜歡的。

養兒方知父母恩，費爾南多表示，他小時候估計要比祁謙難搞定的多……突然有些想念塔茲嬸嬸了呢，他一定要說服塔茲嬸嬸來LV市住一段日子。

為了讓費爾南多安心，祁謙減少了看動漫畫的時間，開始和費爾南多一起喬裝打扮去附近的城市旅遊，一起參加各項有益身心的運動，以及一起去看費爾南多的老東家BX足球俱樂部的比賽。在失去費爾南多之後，俱樂部的成績有所下滑，好幾年都沒緩過來勁，不過倒也還是LV市的傳統強隊。

媒體開始頻頻拍到祁謙和費爾南多一起出行的照片，讓始終堅信祁家因為祁避夏和費爾南多的結婚而整日不寧的人沒了依據，謠言不攻自破。

◎◆◎◆◎◆◎

隨著走出二次元世界，開始接觸三次元，祁謙也瞭解到一些他以前根本不知道的事情。好比恆耀的股份已經跌到讓人擔心他們隨時都要宣布破產的地步。

「真的沒有問題嗎？」祁謙問除夕。

「沒問題，不要擔心，這是快到了收網階段的表現，要不你以為我這段日子為什麼會這麼忙？你和費爾出門可以，但一定不要和費爾分開，OK？費爾畢竟是手無縛雞之力的地球人。」除夕倒是不怎麼擔心祁謙出門，畢竟以祁謙的武力值，該擔心的永遠只有綁匪。

而另外一個問題則是……

「三木水和《法爾瑞斯 online》最近在網路上被罵得很慘？《法爾瑞斯 online》這個我知道，是因為精神鴉片的問題，但是這和三木水有什麼關係？」

「還記得《法爾瑞斯 online》的藍本來自晴九親自操刀撰寫的奇幻故事嗎？本來預計是三部曲，但晴九在寫到第二部的時候就因病去世了，留下了一個舉世矚目的遺憾。三木水前段日子不是說他要開始專注於在家裡寫作了嘛，他專注的就是把這個遺憾補上，他要續寫第三部，甚至他已經寫完了，新書要上市了這才鬧了起來。」

晴九是整個C國文學界的驕傲，也是世界文壇的財富，在他死後更是被推上了神壇，被神化了，彷彿再無人能夠超越。

《法爾瑞斯 online》當初也是藉著這股東風而紅遍全球，全世界第一個全息網遊這個名頭是肯定會紅的，但如果沒有晴九的死，它不可能紅得這麼快，也不可能紅這麼多年而長盛不衰。可以說，《法爾瑞斯 online》在世人眼裡並不是森淼的遊戲，而是晴九的延續。

以前不是沒人想要續寫晴九留下的遺憾，但無不被罵得狗血淋頭，這其中也不乏文壇名宿，最終也都被罵得罷筆了才甘休。

而手握晴九全部作品版權的三木水，此前對此的態度就是沒有態度。

晴九在世時，開了奇幻故事《世界》的二次創作授權，除了正式授權給森淼以外，只要別人二次創作不是為了從事盈利的商業活動，都是可以的。於是有不少人想藉著二次創作的擦邊球，撰寫《世界》的第三部，也就是結尾，但往往都會被晴九的腦殘粉罵死，導致很多年來再沒人敢打著要續寫結局的旗號在網路上連載。

直至三木水這個勇者突然殺了出來。

「他簡直就是在找死。」很多人都信誓旦旦的這麼說。

「你們為什麼沒人告訴我？」祁謙看向除夕，感覺對方有點故意在瞞著他。

「這是三木水的意思，你和祁避夏都是被盡量瞞著的主要對象，這灘渾水他不想你和祁避夏摻合進來，祁避夏的名聲好不容易才好了一點。蛋糕也不知道這件事，她和皇太孫上了同一所大學，皇太孫負責她。」

「而你負責我。」

除夕點點頭承認了。他沒想到祁謙能發現，本以為有了動漫畫的拖延，估計等事情塵埃落定了祁謙才會知道。

沒多少人能理解三木水對續寫晴九遺作的執著，哪怕是三木水的戀人森淼，也只是單純的因為這是三木水所希望的才會支持他。

其實在森淼本人心裡，對續寫這種吃力不討好的事情是不太看好的。C國著名的經典文學作品《紅樓夢》就是個好例子，前八十回為曹雪芹所著，後四十回為無名氏所續，最後由高鶚和程偉元整理了出來。但即便如此，幾百年過去了，還是有不少人在說高鶚的不是。

後續的四十回就真的寫得不好嗎？文無第一，武無第二，這是不好評判的。後人牴觸的大部分理由，也不是有理有據的駁回，蓋只因那後四十回非原作者所寫。

晴九這種已經被推上神壇的男人，腦殘粉無數，他們不會管三木水在想什麼，只會按照自己的理解來揣測三木水續寫的目的。

現在外界比較統一的說法是三木水恃才傲物，眼裡早已沒有了當初教導他寫作、領著他進入文學界的表叔晴九。《法爾瑞斯 online》又存活太久，遊戲壽命早該終結，再不是什麼獨霸世界遊戲的霸主了，三木水夫夫這是想藉晴九再炒一把遊戲，是在賺死人錢！

消息一出，可謂是一石激起千層浪，三木水自此就沒過上一天安生日子，騷擾不斷。可無論外界怎麼說，三木水都是一副我意已決的模樣，誰勸都沒用，新書會按時上市，一刻不緩。

「如果你也是來勸我放棄的，那就免開尊口吧。」

祁謙在瞭解到三木水的事情之後就打了電話給他，並表示自己已經知道了這件事情，然後三木水就給了祁謙這麼一句話。

祁謙搖搖頭，「我不是要勸你，只是想問你，你覺得這麼做值得嗎？」

為了續寫一本書，有可能會毀了自己已經功成名就的一生，這樣值得嗎？

在續作的消息出來之前，三木水的崇拜者無數，無人可以比肩超越，是整個C國繼晴九之後的驕傲。即便三木水從未寫過傳統文學，只是個小說家，還是以寫網路小說為主，但他的成就卻已超越了國界，被翻譯成四十多種語言，廣銷海外。世人即便沒有看過三木水的小說，也肯定知道他的筆名，風頭是整個小說界都從未有過的，包括晴九。晴九除了《世界》

以外，寫的都是傳統文學，很嚴肅正經的那種，自然也就沒有三木水這麼紅。
等續作出來之後，是褒是貶都不用後人評說，現在網路上已經颳起了一片血雨腥風。三木水也有自己的死忠粉絲，因此爭吵才會越演越烈，就差真人ＰＫ了。好好的續寫，已然上升到了到底是晴九寫得好，還是三木水寫得好的比較中了。
三木水一雙黑色的眼眸，有的是從未有過的堅定。他對祁謙說：「值得。」
「哦。」祁謙是這樣回答的，然後就掛斷了電話，用他那個名字為「幸運E的祁謙」、粉絲上億的微博帳號，轉發了三木水續寫的晴九遺作即將出版的那篇貼文，配上簡潔明瞭的四個字：支持，期待。
這篇微博一出，短時間內就被狂轉幾十萬次，「殿下力挺三木水」的話題在短短不到半天的時間內迅速爬上熱門話題榜的第一名，並被各大論壇、社交網站轉載，累起高樓無數。
有表示支持的，自然也有開罵的，覺得祁謙在跪舔三木水，根本不懂什麼叫文學藝術。
然後祁謙強大的粉絲後援團就不幹了，特別是完全死忠祁謙的那一個核心團體，他們基本上是不管什麼三木水、晴九之爭的，即便以前有所偏好，現在的立場也只會是祁謙站在哪邊他們就站在哪邊——你們罵別人可以，罵殿下就不行！
「我家殿下讀數學讀到博士，實打實自己考出來的學位，你說我家殿下沒文化？你什麼專業、什麼學校、什麼學歷啊？你行你上啊，ＯＫ？」
腦殘粉的戰鬥力總是很強的，有時候他們會讓你很苦惱，有時候又可愛得不得了。
隨著祁謙的表態，十分鐘後忙著工作的祁避夏也轉發了兒子的微博表示支持，白家眾人也緊跟著轉發表態。自此之後，一直沉靜的演藝圈就像是冷水入油鍋，炸開了花。無數明星彷彿被打開了什麼開關，競相仿效，紛紛用微博站隊，立場涇渭分明。雪中送炭的有，落井下石想趁著罵三木水來吸引粉絲往上爬的也有，眾生百態，一部天然的宮鬥大戲。

三木水續寫的事情就這樣被推上了頂峰。

等三木水從森淼那裡得知事情後，趕忙打電話給祁謙：「你這又是何必？」

「我不懂你的堅持，不明白你為什麼如此執著，但身為晚輩、家人、朋友，這是我唯一能為你做的。只要你覺得值得，我就會支持到底。」

祁謙的護短總是沒有什麼原則的，這點不值得提倡，但卻會讓在他護短範圍內的人感到溫暖。

三木水長嘆一聲，已經有好些天不見表情的臉上終於有了笑意，他對祁謙說：「我總不好讓你就這麼無緣無故的跟著我被罵。」

「你不想說就不說，你知道的，我好奇心不重。」不是所有事情都必須給個理由的。

三木水反倒是對祁謙表示：「是我想說。故事大概要回到我還沒有成為三木水的青少年期，有點長，希望你不會覺得無聊。」

「我那個時期其實挺混帳的，總覺得全世界的人都對不起我，用你們現在的話來說就是特別中二。自己沒什麼本事，卻總是怨天尤人，愚昧而又矯情。」

「我高中就輟學了，大概你也知道，但輟學不是因為我家替我繳不起學費，而是因為我偏科太嚴重，一門數學、一門A國語，足夠拖得我上不了大學。我自己其實也不想唸了，於是就輟學了。太隨便了，嗯？連努力都不肯努力一下，就輕易放棄了。無論家人和老師如何勸，我始終在一意孤行。」

「不用再去上學的日子，在初期是十分自由愜意的，吃著父母的、住著父母的、用著父母的，整日除了上網再無其他，不用煩惱現在，不用思考未來，我覺得愉快極了。」

「想像不出來，嗯？所有人都覺得我應該是那種一絲不苟的學霸，我大概讓那些這麼以為的人失望了。但這就是過去的我，真實的我。」

「我那個時候以為自己很痛苦，社會是如此的不公平……你認識我表姐常戚戚的，她當時高三，本來是能保送上大學，但因為家中突然破產，就被人頂替了，都沒處說理去。其實現在想想，那些都是我們自找的，不好好學習、不肯努力，還指望家裡能幫我們走後門，等後門走不了了，又在抱怨社會不公，然後虛度了光陰，模糊了未來。」

「我爸媽當時沒有掐死我，只能說我絕對是他們親生的。他們很溺愛我，因為我是家中獨子，是徐家唯一的孫子，更因為常戚戚自己出事了沒空收拾我。她大概是當時我唯一怕的人。很奇怪吧？我不怕爸媽，我不怕爺爺奶奶，反倒是怕常戚戚這個表姐。」

「晴九就是在那個時候找上我們家的，千里尋親。他當時很低調，我們沒有人知道他就是那個獲得過世界文學獎和承澤親王獎的文學家晴九，也不知道他其實身懷絕症。」

「當晴九在聽了我和常戚戚的事情之後，他是唯一對我和常戚戚下得去狠手的人，是真的下狠手，毫不誇張。你有嘗試過在十七、八歲還被打屁股打到好些天都只能趴著睡的經歷嗎？我就經歷過。他當時那個身子骨肯定是打不過年輕氣盛的我和常戚戚的，但架不住他有錢啊！他雇的保鏢一個個都膀大腰圓的，逮我和常戚戚還不跟逮小雞似的？然後他就當著那麼多人的面動手了，真的是往死裡打。」

「至今常戚戚都反對我們對蛋糕動手，主要原因就來自於此。」

「你以為晴九當時是為了我和常戚戚好，想扭轉我們的想法嗎？不是，他就是單純想揍我們一頓出氣而已。他馬上就要死了，有再多的錢也治不好，而我們有著健康的身體，卻在浪費生命。這樣說起來，他當時沒打死我們真不愧是血濃於水的親情。」

「我身體恢復之後就離家出走了，也是在那個時候遇到了森淼，看到他我才明白什麼叫真正的苦，他被他養父從家裡趕出去的時候，口袋裡比臉還乾淨，一個饅頭吃三天。看著森淼即便如此了依舊在奮鬥、不肯放棄，我才意識到以前暖衣飽食的我有多幼稚。」

祁謙問：「然後你就回去主動承認錯誤了？」按照一般的小說電視劇套路就該是這樣，主角幡然醒悟，和家人重歸於好。

「開玩笑！我是那種主動認錯的人嘛！我是被晴九找到之後硬生生綁回去的，一路還罵罵咧咧的說：你不就是有點錢嘛，跩什麼跩，等我將來有了錢看我不弄死你！」

「然後晴九回答我說：可是你沒錢，這輩子注定也不會有什麼出息了，高中肄業生。」

「我就這麼被激到了，但也是死都不肯回去讀書。知道他是名作家之後，我就開始在網路上寫小說。那個時候網路小說的大環境不像現在，還被人當作上不了檯面的旁門左道，但我卻憋著一口氣，想著要用晴九眼中的旁門左道擊敗他，狠狠的羞辱他！」

「但其實……事後想想，我最想的是他能承認我。晴九可以說是青少年時期的我接觸過的最厲害的人，我第一眼見到他的時候，其實是很喜歡他的，結果卻被他的保鏢壓著狠抽了一頓，讓我覺得丟了面子，就一直死倔著不肯和他說句軟話。常戚戚也是被晴九激得才發奮的，讀書也好，出國也罷，全是為了日後讓晴九好看。」

「再後來的故事你就差不多知道了，我成功了，賺了很多錢，卻還是沒有晴九成功。森淼那個天方夜譚一樣的人工智慧也真的被研究出來了，他想製作一款全息遊戲，此前一直在賺的錢全部都投了進去，可以說是一場豪賭，要麼贏，要麼一無所有。我把寫小說的錢也拿出了大部分支持森淼；常戚戚出國後認識了同樣在國外留學的齊雲靜，她也投了不少錢……就這樣，我們才成立了時代遊戲。」

「我還贏了國外一個沒有什麼局限性的文學大獎，可以算是小有所成了吧。於是我就忙不迭的去晴九面前耀武揚威。他當時的病情已經惡化了，屬於真的回天乏術的那種，但他還是什麼都沒說，只是精神奕奕的跟我拌嘴，然後在最後對我說，給我們的遊戲公司準備了一份禮物。」

「那就是《世界》。他此前從未寫過當時流行的那些網路題材的小說，這是他唯一的一部網路小說故事，也是讓我看了之後覺得自己還是太狂妄了的故事。」

「在傳統文學瞧不起網路小說的時候，我其實也沒把傳統文學放在眼裡，覺得他們不過是一群看不清現實、寫不來流行題材的老古董，他們寫的東西根本沒人看，陳舊又乏味，終將被歷史淘汰。」

「結果晴九狠狠的用那本書打在了我的臉上，把我的洋洋得意全部打消。」

「我們依據那個故事的世界觀創造了《法爾瑞斯 online》，我與晴九開始第一次真正靜下心來交流，我被他的能力所折服，與他討論故事裡的角色與三觀，那是我最開心的日子，他對我說了他的整個構思，我滿懷期待著《世界》的第三部，卻只等來了他的死訊。」

「其實從那個時候起，我就在想著要把他對我說過的全部構思寫出來了，我甚至知道結局。只是我自覺當時筆力不夠，就只是記錄下了他的思路，然後一遍遍的改、一遍遍的寫，擴充了又刪減，刪減了又擴充，來來回回數十年，這才最後凝練出了十五萬字。我沒有對外公布的是，前面十萬字其實都是晴九的原稿，別人都以為他只寫了兩部，其實第三部他已經開頭了。」

「我看過那個開頭之後，就像是著了魔一樣，我總能夢見他對我說：替我完成它，等你有能力的時候替我完成它。」

「他十萬字寫了不到三十天，我十五萬字寫了快三十年，我想是時候把這個故事公諸於世了。」

「做過最後一次校對修改之後，就是你知道的事情了。」

有一些故事和堅持，當事人不說，作為旁觀者是永遠不會懂的。而自己唯一能做的就是三緘其口，而不是誇誇其談，用自己的想法去揣測別人的，還沾沾自喜的覺得自己掌握了世界的真理，那是十分可笑與無知的。

「我生氣的不是那些人說我不如晴九，你懂嗎？而是明明我沒有的想法，他們非要編出來，然後強按在我身上，說這就是我想的，那真的讓人很火大。」

×月○日　第二十六篇日記

開始來打BOSS吧

三木水續寫晴九遺作的小說發表會，最終還是如期舉辦了。祁謙全家都受到了邀請，他們也都欣然同意，表示屆時一定會準時前往主會場——位於ＬＶ市地標性的建築之一的雙子座大廈Ｂ座頂層。

費爾南多笑著問祁謙：「還記得當年我剛來ＬＶ市，你想帶我去參觀雙子座，卻因為粉絲和媒體而沒能成功嗎？」

祁謙點點頭，「現在終於把這個遺憾補上了。」

然後，祁家全家就都受到了來自祁避夏訂製衣服的摧殘。祁謙很高興他不再是唯一被祁避夏折騰的那個了，這次隊伍裡加了兩個難兄難弟。即便是除夕，祁避夏也不想他到時候丟臉，拉著他一起站在試衣臺上，像是玩偶似的被擺弄了不少時間。

「在我眼裡，所有的衣服都長一個樣。」費爾南多痛苦極了，身為一個前足球運動員，他能炒得一手好菜，卻始終沒有衣著時尚的敏感神經。

設計師雙手扠著腰，橫眉一撇，比女人還嫵媚的問：「sunshine，你真的是同性戀？」

「不是所有的同性戀都要有驚人的挑衣審美的。」費爾南多無奈苦笑。

設計師毫不客氣的對祁避夏嗲聲嗲氣的開口：「除了身材以外，他配你可惜了，真的不考慮一下我嗎？」

「嘿！」費爾南多沒見過挖牆腳可以挖得這麼理直氣壯的。

「我要是想找個對服飾和化妝很在行的，大可以直接找個女人。」祁避夏回答的特別直白，也特別傷人。

「死相，你可真討厭。」設計師倒是彷彿已經習慣了，說完就一扭一扭的離開去拿新的設計圖了。

祁家的四個男人一起不約而同的抖了抖。

「你以前的那個設計師呢？」費爾南多問的是替他們設計婚禮禮服的設計師。

「他只在婚禮禮服方面比較在行，喬伊則在宴會方面的禮服有才氣，專長不同。」祁避夏很認真的回答道。對待工作他總是很認真的，在他看來，出席不同活動穿不同的衣服，也是一種明星該有的敬業態度。

除夕默默的對祁謙說：「我們倆真的不能搬出去住嗎？我保證我不會這麼摧殘你。」

祁謙雖然最終否決了除夕的建議，但他無法否認的是，有那麼一刻他是心動的。整層的更衣室裡，到處都是他從小到大出席各個活動穿著不同禮服的照片，那在他看來就是一次又一次的折磨。

結果在禮服製作好被送來的那天，除夕反倒無法出席發表會了。

恆耀的十二高層終於在互相折騰、使絆子這麼些年後，找到了謀殺裴安之的幕後真凶，請除夕、裴越以及裴安之以前的首席律師前去做個見證，他們會在那天由找到幕後真凶的人親手殺死那人，然後順理成章的繼承恆耀。以免夜長夢多，時間就定在兩天後，也就是三木水的發表會那天。

「地點呢？」祁謙順口問了一句。

「雙子座大廈A座頂層。」除夕回答，「就在三木水小說發表會的隔壁大樓，估計你我都能透過落地窗玻璃看到彼此。如果我這邊早點完事，我就過去找你，衣服還是穿禮服。」

「好巧。」祁謙感慨。

「其實也不算有多巧，雙子座大廈本就是恆耀的總部，以前只有單棟的A座恆耀大廈，後來我爺爺為了紀念找到了二爺爺，就想辦法在A座旁邊蓋了一棟一模一樣的B座，平行而立，只是在中間的樓層改變設計，增加了互通的走道。兩座大廈改名雙子座，別名兄弟。A座還是恆耀的地盤，B座則送給了二爺爺。齊雲靜是二爺爺的外甥女，常戚戚是齊雲靜的合法伴侶，三木水又是常戚戚的表弟，用雙子座的B座開發表會簡直不能更正常。」

免費租用場地這種事情，哪怕是再有錢的人也不會拒絕，更何況是能在雙子座大廈開新書發表會，這是多少名人求都求不來的。

「三木水這次動靜鬧得太大，難保不會出什麼亂子，在自己家的場地上更有安全感。」

雖然現在祁避夏身邊的人差不多都已經知道了當年反對祁避夏演電影的飲彈男其實是另有隱情，但民眾還是不知道的，難保不會有誰想仿效一下前輩，真的做出什麼來。

「雙子座當初的構建很複雜，特別是B座這個注定要送給我二爺爺的大廈，用料都十分厚實，請的是世界級的專家設計，什麼防火防炸的都有考慮到，據說還能防八級地震。」

祁謙若有所思的點點頭，「同一天也好，要是出了事情，我還能趕過去幫你。」

除夕失笑：「兩座大廈雖然相連，但是連接的部分在中下層，上層還是平行、沒有交集的，先不說你能不能從A座中下層在沒有指紋、虹膜、密碼這三重驗證下上到頂層，單就你這樣來來回回花費在路程上的時間，到了的時候黃花菜也涼了。你就安心在三木水的會場裡照顧他吧，以防有激進的ANTI粉，ＯＫ？」

「我有辦法。」祁謙還是不肯放過這個話題，「我可以藉助助跑的力，直接從Ｂ座跳到Ａ座，破窗而入，再遠的距離都沒問題，哪怕我一時過不去，我的尾巴也沒問題。」

α星人的變態體質總是地球人想像不到的剽悍。

「玻璃……」除夕本想說據說那玻璃是用新的材料，比能防狙擊子彈的鋼化玻璃還要無堅不摧。不過一想到α星人的技能設定，除夕覺得自己還是不要找虐了，「曾經有人說裴爺的雙子座只會毀在裴爺自己手上，你可別打破這個傳統。」

臨時有事的人還不只是除夕，後來又加上了費爾南多。

就在新書發表會的前一天早上，費爾南多臨時接到了他嬸嬸塔茲的電話，據說她馬上就要來ＬＶ市了，通知的十分突然。

「我去Ｂ洲接她，一來一去明天應該還是能趕上發表會的，我們直接在雙子座見吧。」

「需要我陪你嗎？」祁避夏有點緊張。眾所周知，祁避夏在年輕人裡很有人氣，但是在家長群體裡，卻很少會有人喜歡他。

「不用了，我們倆都走了誰照顧阿謙？」

「咳。」兩聲刻意的咳嗽聲同時響起。

祁謙表示：我成年了好嗎？不需要人特意留下來照顧。

除夕則表示：我就不是人嗎？好歹我也算是這個家裡賺錢的中流砥柱了！

最終搭乘私人飛機走的還是費爾南多一人，祁避夏虎視眈眈的看著除夕，心裡想著：絕對不能留這個小子單獨和我兒子在一起！給他可趁之機！絕不！

◎◆◎◆◎◆◎

第二天，除夕和住在隔壁的裴越先坐車離開，前往了雙子座。那邊開會的時間比發表會早一些，除夕要是和祁謙父子一起出發，只會造成兩個結果，要麼除夕遲到，要麼祁謙到的太早。秉承祁避夏說的「你們又不是連上廁所都要一起的小學生」，最終他們還是分開了。

當身著正裝的祁避夏和祁謙踏入加長型禮車的車門時，除夕正坐在雙子座A座的大廈裡，目睹著大螢幕裡的祁謙坐上了那輛被維耶譽為隨時會爆炸的死亡之車。

想必大家都猜到了，所謂的抓住了殺死裴安之凶手的碰頭會，就是個陷阱，將整個恆耀高層一網打盡的陷阱。

現在十二高層、裴越、除夕以及裴安之的首席律師，都圍坐在了頂層的圓桌旁，不敢起身，因為在他們坐下的那一刻，炸彈就啟動了。一旦他們之中的某人起身，椅子失去了相等的重量，炸彈就會把他們所有人都送上天。

「你背叛了我們！」一群人在爭論著。

十二高層如今已經只剩下了當初的八人，另外四人都已經在內鬥中死了，頂替他們職位的不是已經沒有一爭之力的後輩，就是被掌控的傀儡。

「都給我閉嘴吧！」裴越大概是最無辜躺槍的那個，心情已經差到了極點，目前正處於看誰都不順眼的階段，「要不是你們，恆耀能有今天？！再惹我小心我這就站起來，大家一了百了，反正活下去的機率也不大！」

裴越的這句話，成功詐唬住了全部的叔伯。他們誰也不想死，只想活著好為自己報仇。可惜從進入頂層的圓桌會議室之後，他們所有的槍枝和通訊設備就按照規矩自動上繳了。

幸而除夕身體裡還裝著光腦 2B250，此時他正透過 2B250 緊急聯絡祁謙，讓他不要發動車，因為車一旦發動就必須保持勻速行駛，否則也會爆炸。但是等到 2B250 聯絡上祁謙的時候，祁謙表示車已經開了，他們都行駛了有一會兒了，也就是說維耶給除夕他們看的都是已經發生過的監視畫面，而不是正在進行時。

除夕趕忙將事情的經過留言給祁謙，要他們一定不能停車。

維耶的虛擬影像此時正站在圓桌中央張狂的笑著：「我已經不耐煩再繼續玩下去了，那毫無意義，讓我們來快速的結束這一切吧。這個遊戲叫『是你死，還是你的家人死』，怎麼樣？一聽名字就很刺激吧。」

所有高層最珍視的人們，此時此刻都出現在大螢幕上，他們在做著不同的事情，卻有相同的結果——被炸彈環繞，還都是無知無覺的狀態。

齊雲軒也出現在螢幕上，這讓裴越不自覺的收縮了一下自己的瞳孔，說他已經不喜歡齊雲軒了那肯定是騙人的。齊雲軒這麼多年來早已成為裴越心中的執念，即便他們都很清楚他們不能在一起，但還是放不下對方。

隨著齊雲軒的出現，一個新的問題隨之誕生——白言在哪裡？那個號稱也想得到合法繼承權的白言可不在這個房間裡！

「你之所以不想玩了，是因為你根本就玩不過阿謙吧。」除夕道。

祁謙已經化解了維耶不知道多少的小陰謀、小詭計。

「你閉嘴！」維耶的虛擬影像兩手撐在桌子上，面對除夕大吼道：「你以為你是誰？你又知道什麼？算了，我跟你說這些幹什麼，來回答我的問題吧，你想祁謙死，還是你死？我可以好心的讓你打電話和他商量一下喲，裴熠先生。」

「我知道的要比你以為的多，七夕。」

「七夕是個什麼鬼？暗號嗎？」

圍坐在旁邊的高層們不甘寂寞的紛紛插話進來，表示對除夕口中「七夕」一詞的極高關注。事實上，他們現在對什麼都很關注，事關生死，馬虎不得。說句不好聽的，即便是今日真的要交代在這裡，好歹也要知道死後找誰報仇不是？

裴越倒是一瞬間明白了除夕的話，曾經他為了祁避夏，調查過不少有關於祁謙在孤兒院裡的事情，雖然孤兒院被大火付諸一炬，他能瞭解到的事情少之又少，但還是深深的記住了祁謙總愛掛在嘴邊的小夥伴除夕，也就是他大姪子裴熠，以及他們倆當時在孤兒院裡共同的另外一個小夥伴七夕，只是……

「你不是女的嗎？！」裴越疑惑道。

「女的？！」高層們齊齊和聲，然後不約而同的睜大眼睛看向了維耶的虛擬影像，心裡很不合時宜的想到：這妹子的胸可夠平的，真是一馬平川，怪不得如此變態。殘疾不是妳的錯，也不是社會的錯啊！報復社會什麼的別亂報在我們身上！

維耶看著高層那些不用說都已然明瞭的眼神，突然有了一種他應該這就按下爆炸按鈕的衝動。

「不知道的就別瞎打岔！」裴越瞪了一眼身邊這群成事不足、敗事有餘的叔伯們，要不是他們當初內鬥給了旁人可乘之機，他又怎麼會陪著他們在這裡等死，還要看著自己關心的人死！

「我說的閉嘴不管用是嗎？」

「可……」我們沒說什麼啊！

「想也不行！」

——哇靠，你小子夠黑的啊，你老子裴安之都沒辦法禁錮我們活躍的大腦呢！

眼看裴越要站起來，眾高層這才趕忙閉了嘴，順便努力不把自己豐富的感情透過表情外露出來，只是在心裡憤憤的想著，裴越真不愧是裴安之的種，骨子裡生來就有著和裴安之相似的神經病基因。

全體噤聲之後，留給了除夕和維耶足夠的私人空間交談，眾人彷彿就差在腦袋插個箭頭寫上「就當我不存在」。

「看來祁謙告訴了你很多東西啊，你就是他的新歡嗎？」維耶笑得不懷好意極了，眼神裡充滿了惡意，一臉「我這邊有不少有關於祁謙的黑料，想知道嗎？求我啊！」的表情。

若裴熠只是裴熠，是祁謙後來認識的朋友，那他肯定會上當——不是他傻，而是好奇心作祟。

愛情是這個世界上最神奇的東西，它可以包容一切，也會什麼都斤斤計較……

可惜裴熠同時也是除夕，什麼都知道的除夕，他根本不會上當。

旁邊閉嘴看戲的高層們卻急了：孫少爺你倒是問啊！你不好奇，我們還好奇呢QAQ……祁謙？裴爺的忘年交？白秋在白家那邊的姪子？祁家家主的兒子？最近在和皇室、政府合作拍戲的男人？這裡面牽扯到的事可不少啊。

對善於腦補的人來說，個人就已經不再是個人了，而是一個個利益的結合體。於是，恆耀的高層們開始了各種錯綜複雜的利益鏈條掛鉤，推演出了一套又一套的陰謀。

除夕看著鷹視狼顧的維耶，將眼前的他和記憶中那個弄死他的陰柔乖戾的人合二為一，他終於能心安理得的報仇了呢，真好。

這時，除夕笑了，「溫柔」得讓坐在他身邊的人不寒而慄，總有一種彷彿裴安之又活過來的後脊發涼的感覺。

想想威脅大家一起死的裴越，再看看眼前的除夕，高層們這才明白，此前的葬禮上，不是裴安之的後代沒了裴安之的狠辣，而是裴家從一開始就打著要扮豬吃老虎的打算！人心險惡啊人心險惡！就是不知道這次是事發突然讓他們提前暴露了本心，還是這一切也都在裴家叔姪的計畫裡？簡直細思恐極！他們會不會因為知道的太多而被滅口？QAQ

「你想說什麼？」維耶皺眉，看向除夕。他以為自己才是這個時候主宰一切的那個人，應該是別人怕他、祈求他、跪舔他才對！為什麼他會有一種自己反而在氣勢上輸了的感覺？

這不對！

除夕瞇眼，愜意的看著維耶變得不知所措的表情，笑容加深。維耶這是怕了，呵，原來維耶也會有怕的時候嗎？一個回合間就已經輕鬆掌握了先機，自己上一世到底是怎麼輸在這種人的手裡啊，真是太可笑了。

除夕不疾不徐的抬起手，豎了個二的手勢，對維耶說道：「兩個錯誤。一，你的事情我不是從阿謙那裡聽來的；二，新歡？七夕，你真的確定你知道我是誰嗎？」

跟著除夕一起進來的貼身保鏢中秋看著七夕驚訝的面孔，嗤笑出聲。

高層們開會雖然被收繳了武器，不過還是帶了各自的保鏢和助理進來的，助理就坐在高層們的後面，也一起中招，站在一旁的保鏢們倒是沒事，但他們根本打不開會議室的門。曾是為了保護會議室裡的人的設計，如今反而成為他們無法逃離的牢籠，真是不能更諷刺。

剛剛維耶也說了，但凡保鏢們敢有異動，他就會直接按下炸彈的按鈕。所以這些保鏢們基本上成了擺設。

「那你又在笑什麼？！」看著已經超出掌控的事態，沒有囂張多久的維耶徹底慌了。

「笑你還是那麼愚蠢。好多年不見啊，七夕，怎麼，忘記我了？我是中秋啊，那個曾經被你指著鼻子罵，說男孩子怎麼不懂得讓讓女孩子的中秋。我真好奇你當初是怎麼說出這話的，明明是個男的，不覺得彆扭嗎？還是……」中秋流裡流氣的打量著維耶的下三路，「你真的沒『種』？」

高層們控制不住自己的視線，也跟著一起意味深長的看了過去，一個個心想：這麼歇斯底里的風格，真的不太像是爺們啊。

「不可能，你明明應該已經死了！」維耶不由自主的拔高了聲音。

「是啊，拜你所賜，埃斯波西托家族的大少爺！要不是你躲在孤兒院，最後還被發現，我們又怎麼可能死！你倒是好啊，享受著埃斯波西托家族錦衣玉食的供奉，可曾想過我們這些舊時的夥伴正在大火中被焚燒！你知道被活生生的燒死是一種什麼感覺嗎？！」

中秋其實根本沒被火燒，也對七夕的事情所知不多，他只是按照除夕提前吩咐的在演戲而已，除了祁謙搭乘的禮車也被裝了炸彈以外，可以說目前這些事情都在除夕的計畫裡。

中秋曾經保護過祁謙一段時間，和祁謙在片場混了不少日子，多少還是有一點演技和經驗的，能將胸中的怨憤表演得入木三分。

要虛情假意演個「真善美」的人也許不容易，但要讓人激發心裡的黑暗面，演個中二的壞人還是很簡單的。特別是中秋這種從小在黑子那裡受過專業黑社會訓練的，要凶狠有凶狠，要變態有變態，多種形態隨意切換，臺詞手到擒來；甚至說著說著，連中秋自己都覺得就是這麼回事了。

他真的是被七夕害慘了呢！如今這個害人的傢伙竟然還有臉回來揚言說要炸死他，他們倆前世有仇嗎？！

除夕勾脣，胸有成竹的看著維耶變臉，對付維耶這種覺得全天下都負了他的人，最爽的辦法自然是趁著對方還沒開口之前搶先倒打一耙，把錯都推在對方身上，讓對方也感受一把這種近乎於無理取鬧又百口莫辯的責備。

「是啊七夕，你害得我們一整個孤兒院的人都差點被燒死，真沒想到你還有臉回來。」

除夕終於把當年七夕強加給他的罵名還了回去，即便明知道上一世的七夕和這一世的七夕不是同一個人，但他依舊感覺很爽，胸中的惡氣出了不少。

「……除夕？你還活著？」維耶終於認清了現實，又或者他其實早就知道，只是這時才願意面對而已。

一旁的高層都在大腦裡瘋狂喊著：臥槽，七夕、除夕、中秋這都是什麼？你們在研究C國傳統節日嗎？不明白啊有木有！那邊的裴越大姪子看上去好像知道什麼，但一想到他剛剛威脅我們要麼一起死的狠勁，怎麼都不敢開口了啊嚶嚶……看戲怎麼可以不給背景資料和前情提要！咦，不對，剛才好像聽到了埃斯波西托家族……這個龜孫子，果然是他們造的孽！不管他們到底造了什麼孽，反正都是他們的錯！別讓老子活著出去，否則非弄死他們不可！

這邊的會議室裡還在上演著事關十幾年前的愛恨情仇，隔壁旁聽室的白言老神在在的看著監控螢幕，以及再一次失控了的維耶真人，淡淡的提醒道：「你們家族的長老團馬上就要來了，你這樣和那邊爭吵，不去拿裘安之的寶藏真的沒有問題？」

恆耀的高層們都以為維耶本尊遠在千里之外，但是以維耶這種性格，又怎麼可能不親自到場。只是為了預防和隔壁的那夥人一起死，維耶這才選擇隔壁的旁聽室。雖然只有一牆之隔，但以雙子座的防護程度，哪怕隔壁全炸了，這邊也不會有任何影響。

維耶暫停了3D投影機，這才轉身一臉陰鷙的對白言說：「你先去看看他們到了沒。接應時拖延一下，這裡我會儘快處理好的。等等，帶上阿波羅和你一起。」

一旁陰影處，許久未見的阿多尼斯陰惻惻的衝白言點了點頭。

等白言和阿多尼斯離開之後，維耶重整旗鼓，再一次回到了3D投影機前，準備直面隔壁會議室裡的除夕。在這短短的幾分鐘內，維耶已經想清楚了這件事情的來龍去脈——他被整個孤兒院拋棄了！

對，沒錯，肯定是這樣，要不然為什麼別人都在外面活得好好的，彼此也都知道彼此的存在，還聚在一起，卻只有他被排除在外。

簡單來說中心思想就是，全世界都對不起他，他還是那個小可憐。

所以說，永遠不要試圖和一個神經病講道理，他永遠會用他的神邏輯打敗你，從一開始他就立於「不敗之地」。

「我曾經那麼信任你，我曾經、曾經……你該死！」

全會議室的高層都被維耶的話深深震住了，並開始紛紛試圖回想，就維耶消失的這短短幾分鐘內到底發生了什麼。莫不是自己穿越了？又或者犯迷糊了，錯過了什麼本應該知道的環節？

某個高層環視四顧，很好，大家都是一副被shock到的傻樣，嗯，看來不是自己問題，可以理直氣壯的問了：「What the fuck are you talking about?!」

所謂敬業就是，作為一個國際化的黑社會組織，恆耀的高層們未必會說很多種外語，但他們卻肯定會各國的經典國罵。

維耶沒空搭理別人，兀自沉浸在自己的悲慘世界裡，控訴著世界的不公：「同樣是一個孤兒院裡出來的人，你們卻只針對我，憑什麼？我又做錯了什麼？！我也不想被埃斯波西托家族綁走啊！你們可曾想過來救我？沒有！這就是所謂的夥伴和友誼？哈！」

看著笑得彷彿已經直不起腰的維耶，別人都生怕激怒他，不敢開口，只有因為被無辜抓來、揚言有可能會被炸死的裴越氣不過的諷刺開口：「不好，他要放大招了！」

然後，裴越覺得他這輩子大概都不會再開這種不合時宜的玩笑了。

因為維耶放的大招就是直接按下了手中的炸彈遙控器——會議室沒事，只是螢幕裡多個監控著不同高層心愛之人的某個格子裡出現了爆炸的場面，除夕和中秋看得分明，那格子裡顯示的正是祁謙父子搭乘的白色加長型禮車！

禮車在頃刻間被炸成了碎片，四周陷入一片火海。

「反派 BOSS 總是會毀在廢話流上。怎麼樣，我不說話就炸了他的這招，你沒想到吧？」維耶笑得整張臉都扭曲在一起，有快意，也有說不清道不明的痛苦。

既然祁謙不再是他心裡那個最討厭的人，那麼玩弄他也就沒意義了。維耶表示，他現在只想看著除夕悔不當初！

然而，除夕卻沒有任何反應，因為他已經不會反應了。

除夕的雙眼一刻不停的瞪著螢幕，死也不願意相信那是真的。是啊，怎麼能是真的呢？祁謙那麼強，他可是飛船墜落地球後都能安然無恙的α星人，小小的炸彈又怎麼可能傷害到他？不！可！能！這！絕！不！可！能！

「記住了，這都是你的錯！是你該付出的代價，你罪有應得，而帶給你這份痛苦的人是我，誰讓你當初拋棄我。我沒有錯，我那麼痛苦卻沒人來救，憑什麼你們能活得好好的！」

維耶還在不遺餘力的打擊著除夕，他已經陷入了某種奇怪的癲狂裡……

孤兒院裡，被迫打扮成女孩的七夕抱著書，躲在一角，不想和任何人有任何接觸，怕別人看出端倪。自七夕進入孤兒院之後，他自認一直和孤兒院裡別的孩子相處和諧，他們不來打擾他，他也不會去挑釁他們，彼此保持著絕對不互相搭理的良好默契。

直到某一天，七夕的書上多了一道陰影，久久沒有離去，七夕不耐的抬起頭，看著眼前笑得一臉燦爛的除夕。他不言不語，試圖用眼神嚇退對方。這招七夕用過很多次，總是屢試不爽。

但除夕卻是個例外，他沒有被嚇退，反而堅持著對七夕伸出了手。

「一個人看書多沒意思？一起來玩吧。」

——明明是你對我先伸出手的，結果卻也是你主動放開了我的手，拋棄了我，選擇了那個比我還孤僻的祁謙，真不知道他有什麼好。你給了他名字，偷偷把屬於你的那份食物分給他，你處處忍讓他、照顧他，你全身心的圍著他轉……你該死！該死！

直至 2B250 焦急的表示它怎麼都聯絡不上祁謙的時候，除夕這才不得不面對現實，祁謙真的出事了，一直被他當作活下去的意義的祁謙沒了，他甚至還沒來得及向祁謙告白。

「這不可能！祁謙可是已經有了四尾，即將長出第五尾！核彈都未必能炸死他！」

「我也不知道！你現在對我吼有什麼用？！我正在想辦法查看路況和附近架設的街道監視器。我主人要是死了，我會讓你替他賠命！別以為我做不到！我可是在你身體裡呢！要不是你說什麼一切盡在掌握，就不要告訴主人這些給他徒增煩惱，又怎麼會有今天？！都是你的錯！」

螳螂捕蟬，黃雀在後。為了將隱藏在暗處的埃斯波西托家族一網打盡，除夕一直都在等著今天，等待著這個無論是維耶還是埃斯波西托家族的長老團都相信恆耀已經不成氣候的今天，這樣埃斯波西托家族才會傾巢而出，來雙子座親自拿下裴安之的寶藏，來這個把他們變成了過街老鼠的恆耀總部耀武揚威……而等人都到齊了，再把他們一窩端了，這就是除夕簡單粗暴的計畫。

除夕設置好圈套和牢籠，由阿多尼斯裡應外合，一步步誘惑埃斯波西托家族走到如今這一步，卻沒想到會是這麼一個結果。

除夕能反駁 2B250 說「當初我制定這個計畫的時候，你不是也同意了嗎？」——他能，但他沒有，因為做這些爭辯又有什麼意義呢？祁謙已經死了。

噌的一下子，除夕從座位上站了起來。

這一舉動嚇壞了身邊一群高層，他們在內心裡瘋狂吶喊：臥槽草草草草！沒想到這位比裴越還狠，說都不說，直接就做了啊！簡直不是人！你考慮過我們的感受嗎？！不就是死了個相好嗎？有必要這樣嗎？！我們也很無辜啊……誒？不對啊，怎麼還沒爆炸？

當高層們還在驚疑之際，那邊除夕已經「破牆」而出！他顧不上什麼計畫，直接憑直覺的衝去隔壁找維耶拚命了。

高層們風中凌亂的看著那面能透風的牆，怔怔的想著：果然是做夢沒醒嗎？是啊，肯定是做夢，要不我們怎麼可能會被埃斯波西托家族圍補？

某個高層用眼神示意身邊的小夥伴：你倒是站起來試試啊，看看這是不是夢？

小夥伴冷豔一笑：呵呵，你怎麼不站起來試試？

最後還是匯成一句話——不敢QAQ

只有裴越安靜的坐在一邊，看起來他好像什麼都知道似的，其實他什麼都不知道。他心裡只有一件事還在運作——他一句話害死了自己最好的朋友和朋友的兒子，為什麼死的不是他呢？為什麼維耶被激怒之後報復的不是他呢？哪怕是炸死齊雲軒呢……

投硬幣的作用其實不在於老天幫人們決定了什麼，而是當正反面投擲出結果後，人們會清楚的瞭解到自己真正想要的是什麼，是會因為這個結果而欣喜還是失望。

在唯一的朋友祁避夏和心愛之人齊雲軒之間，向來是個渣渣的裴越還是選擇了祁避夏。他不想祁避夏死，即便那有可能會犧牲齊雲軒。

果然愛情就是這麼一回事，又或者他的愛情就是這麼一回事，裴越想著，愛情從來都沒有他以為的那麼重要，怪不得齊雲軒會恨他，連他自己都被自己的渣境界嚇到了呢。

可惜一切都晚了，在爆炸的那一刻他才看明白了自己的心，跟他父親一樣是冷的。

「不要擔心，您的椅子和BOSS的椅子一樣，其實都沒有安裝炸彈，您可以隨時站起來。」中秋走到裴越身邊貼心的提醒道。

開會時裴越和除夕就坐在一起，這是除夕特意安排的。

等旁邊的高層也蠢蠢欲動的時候，中秋趕忙又道：「至於別的先生們，抱歉，你們椅子下的炸彈並沒有拆除，不想死就請不要動，由於我們知道後時間緊迫，沒來得及一併拆除，實在是抱歉。」

「……」

——騙鬼呢！怎麼樣緊迫的時間能讓你們只拆了兩個椅子，卻顧不上別的！想讓我們當取信維耶的誘餌就直說，扯什麼遮羞布啊！裴家果然沒一個好東西！

雖然心裡這麼想著，但現在能救他們的也只有除夕這邊的人，他們必須忍下這份憤怒。

「對啊，你們料到了這一切，那祁避夏也沒死，是不是？那個爆炸也是騙維耶的？」裴越就像是抓住了最後一根稻草一樣渴望的看著中秋。

除夕和中秋提前商量過很多種結果的應對之策，其中之一就是在除夕失去理智沒有按照計畫等待，直接去找維耶拚命了，他們別的人該怎麼辦——帶著裴越和自己人迅速撤離，有多遠跑多遠，因為除夕有可能會拆樓。

雖然不知道除夕怎麼能辦到這件事情，但盲目的信任使得中秋決定不去想為什麼，只是單純的按照計畫去做。

但很顯然裴越此時的心理狀況有點不太對勁，為避免節外生枝，中秋只能對裴越點頭，說了個善意的謊言：「是的，一切都在計畫裡，哪怕是 BOSS 剛剛突然站起、破牆而出，這都在計畫裡。我們有特殊的聯絡方式，埃斯波西托家族的長老團已經來了。為避免給 BOSS

添麻煩，我們先撤，ＯＫ？」

「好、好，我們先離開。」裴越別的本事沒有，但在關鍵時刻不拖後腿、不添麻煩的自覺還是有的。作為組織老大的兒子，他最先受到的訓練就是哪怕心裡再慌張、再害怕，也要聽話的跟著保鏢撤離。

「那我們怎麼辦？」高層們徹底慌了。

「等著拆彈部隊過來，他們已經在路上了。」中秋睜眼說著瞎話，「我會挨個保護各位一個一個離開，這是我的職責，我從不撒謊，諸君都是恆耀的重要支柱，一個都不能少。」

高層們雖然不怎麼相信中秋的話，但這個時候也只能相信他了，看在他這麼胸有成竹的分上。

於是，中秋帶著裴越順利離開，從除夕破開的牆壁洞口。旁聽室裡已經沒有了除夕和維耶的身影。雙子座的設計錯綜複雜，想不碰上一個人的辦法有很多，中秋和裴越一路有驚無險的從Ａ座到達了Ｂ座，那裡有除夕的人在接應：「通知我們的人，儘快撤離Ａ座，有多快就多快，什麼都不要管了！」

雙子座這樣奇怪的設計，自然也會讓有心人在願意的情況下單獨碰上想碰的人。

好比裴安之和白言。

「喲，大姪子~想我了嗎？你看到我好像很驚訝的樣子？因為我死而復生？還是因為你窺覬著我的寶藏？又或者是你出賣了自己的家人？」裴安之每說一個問號，聲音就會嚴厲一分，「我早就跟若素說過，慈母多敗兒，慈父也一樣。他就是太慣著你了，才會縱容你到今天！放心，我這個當大伯的一定不會手軟。」

「我沒有出賣家人！」白言是真的被裴安之嚇得不輕，再看身邊的「阿波羅」一言不發的站到了裴安之的身後，他這才明白他們所有人都被裴安之耍了。為了自保，他也不打算賣關子了，將一切都和盤托出，「我有證據！」

「我查到維耶身上費了不少勁，主要還是因為他已經算是個沒有多少理智的瘋子才能查到。當時我就在想，這種瘋子不快點除掉還留著過年嗎？但在收拾他之前，誰能肯定他不會持續找死？於是我想假借合作的名義探探他的虛實，破壞他的計畫。」

裴安之只是平靜的看著白言，意味不明的說了一句：「怪我囉？」

「好吧，我和維耶合作只是為了得到你保險箱裡的東西，這點是真的，我的人就等在外面，我一拿到東西之後就會把他們全部弄死。我不會和害了裴家的人同流合汙的，你就算不相信我，也該相信我不想讓我爸爸難過。我是在按照你的遺囑辦事，為你報仇！」

只是前後因果顛倒了一下，先拿到東西，再報仇。

「拿東西是真，報仇是順帶的吧？黑吃黑，還能跟你爸邀功？看，我為大伯報仇了。」裴安之太瞭解白言這個姪子了。

「……你要是想這麼理解也不是不可以，但我真的沒想要傷害家裡人。維耶是個瘋子，他要傷害的人裡面還有齊雲軒，我怎麼可能傷害齊雲軒，對吧？當然，還有祁避夏和祁謙，上次我想利用祁謙的事情已經惹得爸爸很不高興了，我不可能再這麼做。炸彈是真的，但監控是假的。」

這也是為什麼除夕在聯絡祁謙的時候會出現時差的原因，不是維耶給他們看了事後的視頻，而是視頻從一開始就被白言做了手腳。祁謙父子早已經從家裡出發，視頻延後了不少，透過剪輯和錯位，讓維耶相信他們父子上的就是裝有他的人和炸彈的那輛車，但事實上祁謙和祁避夏上的是別輛車，去的目的地也不是雙子座。

「我知道，如果不是因為這個，你以為我還願意在這裡跟你廢話？」

好吧，祁謙的事情裘安之其實是不知道的，他知道的和除夕一樣多，但這個時候裘安之肯定是不會承認的。

「祁謙在哪裡？」於是，由阿多尼斯替裘安之問出了他其實比較關心的問題。

◎◆◎◆◎◆◎

祁謙在哪裡？

祁謙和祁避夏此時正在山上，坐忘心齋位於ＬＶ市最大的道觀裡，和坐忘心齋的掌門離道一起品茗下棋，坐看雲卷雲舒。

「當日欠你的人情，今日我救你父子一次，兩清了。」掌門對祁避夏如是說。

「怎麼能兩清呢？你救了我，我自當要報答你。」

祁避夏和祁謙在離道這邊已經清楚了事情的來龍去脈，比除夕還知道的多一點。祁避夏十分感激離道的出手相助。當然，也要謝謝白言的好心，不過祁避夏還是決定把大部分謝意都用在離道身上，因為要不是白言的小心思——想得到裴安之的寶藏，他完全可以早點弄死維耶，也就不會有今日的一齣戲。

離道看著一臉誠懇的祁避夏，沒見多少高興，也沒見多少煩惱，只是放下手中的茶杯，靜靜的打量著祁避夏。

也不知道這人是真傻還是假傻……

罷了，無論他是否知道他的心意，他們終歸是沒有結果的，又何必深究呢？

「你不要再來見我，就是對我最好的報答。我要清修，不染紅塵。」不要再來亂了我的心，不要再明明已經有了結婚對象，卻還要讓我看見希望。

祁避夏愣了愣，然後如離道所願的點點頭，「好，對不起，我不知道，這些年給你添麻煩了。」

離道沒再回答祁避夏，只是跟著祁謙一起看向院外山上的風景，輕輕的問祁謙：「很無聊嗎？抱歉，為了不擾了坐忘心齋眾人的清修，山上沒有信號讓你玩手機和電腦。」

祁謙搖搖頭，讚嘆道：「沒有無聊，景色很美。」

離道驚訝的看向祁謙，他從祁避夏那裡聽說的都是祁謙對高科技產品一刻不離，以為他和時下的年輕人一樣，最不耐煩什麼離開科技去看自然景觀的事情。

離道看著祁謙的眼神不自覺的多了幾分溫柔，「喜歡就多看一會兒。不要擔心，你朋友今天只是有驚無險，度過這一劫，他日必當鵬程萬里。」

祁謙笑了，如積冰融化，如初冬旭日，「我知道，我對除夕有信心。」

◎◆◎◆◎◆◎

裴安之在確定了祁謙和祁避夏真的沒事之後，這才滿意的點點頭，轉而對白言道：「你真的以為你能玩得過維耶嗎？」

白言桀驁的點點頭，簡直不能更自信：「當然，他盡在我的股掌之間。」

「是嗎？那就試試吧，去告訴維耶和長老團，你看到了我，把他們引過來，等他們挾持了我之後再引他們去保險箱那裡。成功了我就不把這些告訴你父親，失敗了……呵，自有維耶替我給你上課。」

「不可能，你就等著吧。你真的不告訴我爸爸？你會這麼好心？」白言狐疑的看著裴安之，他總覺得他見到的這個裴安之哪裡怪怪的。

「我只是不想你爸爸傷心。引完他們就給我滾，我的東西是你能碰的？」

「切！我就知道。」對方這麼一說，反倒讓白言安心了，看來是裴安之本尊沒錯。

雖然這麼說著，但心底裡趨利避害的本能，以及不想讓爸爸發現的想法，最終驅使著白言一邊吩咐自己的人想辦法引長老團從另外一條路直接去保險箱那裡，一邊折回了維耶所在的旁聽室，彼時這位剛因為炸了祁謙而癲狂的笑著，那頭除夕還沒有反應過來要破牆找維耶的麻煩。

白言急匆匆的拉著維耶就走，可謂是演唱俱佳，一路焦急而又恐慌的說著：「裴安之還活著，裴安之還活著！」

「不可能！」維耶親眼看見那架飛機落海，雖然很遺憾祁謙當時有事，竟然最後沒登上飛機。

「真的！我也不知道他為什麼還活著，但就在剛剛我依約解決了長老團回來的路上，我看到了裴安之，他沒發現我，我帶你去，你自己親眼看！」

解決長老團？

是的，白言和維耶合作的內容就是白言幫維耶解決長老團，然後他們兩個一起瓜分裴安之的寶藏。剛剛維耶並不是讓白言真的去接應長老團，而是確認長老團被弄死了沒有；結果白言卻被裴安之攔了下來，也就沒有下令真的弄死長老團，反倒是把他們先一步引到了保險箱那裡。

「你真的解決了長老團？」維耶再一次向白言確認。

「廢話。不過現在不是說這個的時候吧？看，那就是裴安之，看到了嗎？」白言把維耶拉到了剛剛和裴安之見面地方的前面一點位置，假裝他們在暗中發現了裴安之的身影，「我不知道他在打什麼算盤，但我們最好先下手為強。」

「呵，為什麼要下手呢？這樣不是更好？本來我還在苦惱怎麼讓那個律師告訴我打開保險箱的辦法，現在更好的人選被老天送到了我眼前呢。」維耶笑得更讓人毛骨悚然了。

白言在心理不屑的嗤笑一聲，想著我就猜到你會這麼說，但嘴上還在恭維著：「嗯嗯，還是你說的對。」

「真是天助我也！」維耶轉身看向白言，「你和阿波羅去想辦法拿下他。」

「好。」

白言給了「阿波羅」一個眼神，「阿波羅」沒有任何表示，只是直接用行動表示他明白了白言的意思。然後他們就一起合力拿下了被「偷襲成功」的裴安之，彼此都可以說是老戲骨了，最佳影帝。

維耶閒庭信步的出現，接過了威脅著裴安之的手槍，這種能親自掌控裴安之的機會他肯定不會放過。他興奮的想著：哈哈！最後贏的是我！是我！道上叱吒風雲的裴爺又如何？一呼百應的除夕又怎樣？最後還不都是我手上的狗！

「既然裴安之拿下了，長老團也死了……」

「那我們就快點去拿保險箱吧！」白言催促著維耶，希望能早點完成裴安之的任務。

維耶給了「阿波羅」一個眼神，然後看著「阿波羅」從後捂住白言的嘴，手起刀落，硬生生把刀從白言的身後刺穿到了前面，鮮血橫流，白言掙扎了幾下就徹底不再動了。

「既然他們都死了，那我要你何用？我憑什麼要和你一起分享寶藏，嗯？不可一世的白言也不過如此。」

天欲使其亡，必先使其狂，維耶現在就是在「狂」的這一個階段，他覺得他已經站在了世界的頂端。

剛才白言聽著「阿波羅」在他耳邊輕聲說的那句「裝死」，只好痛苦而又不甘心的閉上了自己的眼睛。

為取信維耶，「阿波羅」捅的這一刀是真的下了狠手的，白言從小到大都沒受過這麼大的痛苦，最主要的是他還不能叫，要假裝死亡。而他在閉眼之前，彷彿還看到了正假裝被維耶威脅的裴安之那輕蔑的一笑，對方好像在無聲的對他說：我愚蠢的姪子啊，這就是你所謂的你能把維耶玩弄於股掌之間？

——你想黑吃黑，對方也不是傻子，沒人會被你理所當然的愚弄。

白言後來是真的沒動靜了，他疼得硬生生暈了過去。這一堂課，他付出了太大的代價，聰明反被聰明誤，不過總比將來真的找死要好的多。

「你先去處理一下白言的屍體，我和裴安之去拿保險箱裡的東西，然後在我的私人飛機上會合。」維耶這樣吩咐「阿波羅」。他背叛了太多人，自然信不過任何人，哪怕是「阿波羅」，他也不想讓他接觸裴安之的寶藏。

阿多尼斯猶豫的看了一眼維耶的方向。他看的自然不是維耶，而是裴安之。

裴安之沒有任何表示。他們都很清楚，跟著裴安之去了肯定沒好事，如今維耶既然「好心」的放阿多尼斯一馬，怎麼決定端看阿多尼斯個人了，是要只為了確認維耶的死就執意跟去，還有可能暴露？還是相信裴安之，就此離開？

最終，阿多尼斯選擇了相信裴安之。

他朝維耶——也是朝裴安之點點頭，扛起白言還在不斷流血的身體，沉默的依言行事，與維耶背道而馳。

估計是再也不見。

在轉過一個彎之後，阿多尼斯與循著維耶的氣味追過來的除夕正好碰上，阿多尼斯趕忙攔下速度快得感覺有點超越人類極限的除夕，開口道：「祁謙還活著，維耶和裴爺走了。」

這句話就像是一個魔咒，輕鬆停下了除夕全部的動作，也制止了他渾身上下都在叫囂著要破壞一切的不安定因數。

「你說真的？」

「真的。」阿多尼斯認真的看著除夕，「合作以來我什麼時候騙過你？在維耶身邊潛伏這麼久，我有無數次直接捅死他的機會，但我沒有，為什麼？因為我答應過你，會幫你和祁謙除掉威脅著你們的埃斯波西托家族。白言調換了監視錄影，祁謙和他爸爸此時正在坐忘心齋喝茶，什麼事都沒有。」

除夕看向白言，倒是對此沒什麼意外。上輩子白言雖然也給他添了不少麻煩，但白言卻沒有真的對他下過殺手。

白言，一個他不想承認，卻又真實存在的奇怪親戚，被白秋寵得太過了。

當然，其實反思一下，他上輩子會輸給維耶，何嘗又不是被裴安之寵得有點過頭了呢？在乍然失去裴安之的庇佑之後，他根本還不夠資格撐起整個恆耀。

一般人總是很容易說別人寵孩子，把孩子都養廢了，結果輪到自己的時候，卻只會比別人寵得更厲害。說到底不過是打別人家的孩子不心疼罷了。

還是祁避夏大智若愚，從一開始就透過現象看到了本質，從不掩飾自己想寵兒子寵到天老地荒的決心。

除夕點點頭，「那我們快點走吧，我爺爺會處理好那些人的，這棟大樓沒有誰會比他更清楚該如何運用。」

裴安之曾告訴過除夕，他真正的寶藏就是這座大廈，這會是他最後的主場。

阿多尼斯繼續任勞任怨的扛著白言，跟著除夕一起離開，順便抱怨：「你們既然知道白言也是臥底，為什麼不告訴我一聲？一個兩個都愛玩這種制衡遊戲，你知道當臥底最鬱悶的是什麼嗎？就是發現你鬥了半天的敵人原來也是自己人！要是我和白言能提前通氣，能少不少事，說不定一網打盡的時間都能提前。」

白言給阿多尼斯可添了不少麻煩，當然，阿多尼斯也給白言下了很多絆子，兩人鬥得不亦樂乎，最後卻發現他們其實有一個共同的目的。

除夕心情大好的笑了笑，「不要在意這些細節了，給你漲薪水。」

「我當臥底還有薪水的？」阿多尼斯先是一喜，然後緊接著就意識到不對，「我什麼時候答應替你工作了？我們之間明明是合作關係好嗎！」

「那意思就是錢你不要了？那可都是你在當臥底期間，我用你爸爸赫拉克勒斯當年留下的錢投資賺來的呢。」

阿多尼斯當初對祁謙承諾的是只要能幫阿波羅報仇，他就把他全部的資產都給祁謙，祁謙沒當真，除夕卻當真了。不過除夕的打算是如果阿多尼斯死了，那麼錢就是他和祁謙的；

如果阿多尼斯沒死，他還是會還給阿多尼斯大部分的錢，另一部分則是酬勞。

「……要！」特別沒有骨氣的應了。阿多尼斯本來是抱著孤注一擲的打算，但現在維耶在最後關頭不知情的放走了他，他就想活下去了，連著他弟弟阿波羅的分。而沒有錢，是沒有辦法存活的。

「出去的時候順便和我簽一份勞資合約吧。」

「……好。」

就在除夕和阿多尼斯剛剛通過走道，踏上B座的紅地毯時，A座和B座之間連接的幾層樓的過道就在乍然間被自上而下的鐵閘門封閉了。

緊接著從A座樓頂傳來了震天的爆炸聲，那動靜彷彿是裝了一整層樓的炸彈都爆炸了。事實上也確實是這樣，大概這個世界上就只有裴安之這樣的瘋子敢在本身就裝滿了炸彈的大樓裡工作，又或者說是他在自己的工作場所裡到處都埋著炸彈，兩年更換一次，絕對保證鮮活好用。

這就是裴安之的寶藏。他藏在保險箱裡的不是外界猜測的什麼金銀珠寶、高科技武器，又或者高官的把柄，只是一個啟動整棟大樓自毀裝置的按鈕。

這就是裴安之，只要把敵人騙進大樓，再需要一個人獻祭，就能拉著全部的敵人跟他一起死！

爆炸聲只是一個序幕，隨著沖天的大火，以及滾滾的濃煙，整座大樓自上而下的開始坍塌，LV市地標性的建築雙子座中的A座就這樣在所有人的面前被付諸一炬。最神奇的是，那震動沒有絲毫影響到B座，除夕終於明白了傳言中B座能防震的程度到底到達了何種可怕的地步。

而A座的傳說，隨著它曾經帶來的罪惡，被一起永遠的埋葬了，無一人生還。能毀了雙子座的只有裴安之，這句話最終還是應驗了。

白秋匆匆而來，不可置信的看著眼前的一切，那曾經是他哥哥最驕傲的心血，「這到底是怎麼回事？」

然後白秋就看到了渾身是血的兒子。

除夕看著他的二爺爺說道：「一言難盡，但我覺得現在最重要的是把白言叔叔送到急救室。」

雙子座B座本身就是有急救室的，甚至有最好的值班醫生，全年無休，但工作清閒，基本上沒什麼需要他們做的，他們只是以防萬一才存在的，好比搶救眼前的白言。

當警車、消防車以及救護車聞訊趕來時，A座差不多已經自己把自己自燃完了，也不知道當初裴安之是如何設計的，只能看出來目的就是自毀，而且毀得特別乾淨，不給自己也不給他人留任何機會。

救護車來了一圈就走了，因為沒人可救；消防車在緊急撲火，怕傷及旁邊的B座，其實根本不會牽連；警察在緊急疏散著B座的社會名流以及媒體記者，順便尋找目睹了A座爆炸的目擊者，詢問到底發生了什麼事。

除夕從B座乘電梯下樓，在最近處看著被毀了的A座，不知道該說一句這就是爺爺口中的罪有應得，還是……

「看著自己的爺爺死在大樓裡都沒有絲毫傷心之情，你可真是不孝啊。」本來應該也一起死在大樓裡的裴安之的律師，突然站到了除夕身邊，推了推金絲邊的眼鏡，笑容嘲諷。

「我爺爺死在好幾年前的空難裡，我不知道你在說什麼。」

「無所謂。」律師聳聳肩，「我只是想問問你，見到白秋先生了嗎？我這裡有裴安之先生指名留給他的東西要轉交。」

「在急救室外面，你去了就能看到。」除夕回答。

「謝謝。那麼，祝愉快。」律師點頭致謝，轉身準備離開，無論是對大樓還是對除夕都沒有絲毫的留念。

「祝愉快。」除夕回答，「你手機上的那個小公仔吊飾真精緻。」

律師腳步頓了頓，「是嗎？那記得請一定不要告訴祁謙啊，否則他會很嫉妒的，這可是限量款。」留下這句話之後，律師先生就真的徹底沒有任何留戀的離開了。

◎◆◎◆◎◆◎

出來混，總是要還的。曾經猖獗一時，無論是國家警察還是國際刑警都沒有辦法的跨國犯罪組織恆耀，在今天全部受到了應有的懲罰，據傳起因是兩個幫派火拚，一同死在了大樓

崩塌裡。當時剛巧在旁邊舉辦新書發表會的大神三木水沒有受傷，與會的名流也只是受到了驚嚇，未有人傷亡。

「好人有好報，惡人有惡報，不是不報，時候未到。」新聞報導裡用這樣一句話作為對這件事情的最後評價。

網路上則表示：「不作死就不會死，為何你還要嘗試？還有比這更蠢的死法嗎？兩個幫派在大樓裡火拚，最後把自己玩死了。」

為了清場，那天恆耀放假，基本上死的就只有罪有應得的高層，下面辦事的員工和家屬均沒有受到牽連。

就像是有人故意策劃的一樣。有人這樣說，但卻全無證據，終究只成為了歷史上又一個沒有依據的野史。甚至有人說，這一切是裴安之策劃的，他根本沒死。

除夕可憐兮兮的在家裡一邊看著報導，一邊跟祁謙說：「怎麼辦，以後沒後臺了呢。」

祁謙很認真的跟除夕說：「沒事，我罩你。」

「嗯。」除夕這才高興的笑了起來。

祁避夏在一邊氣哼哼的跟費爾南多說：「卑鄙，實在是太卑鄙了，就見不得這種裝可憐的！」

費爾南多哭笑不得的安慰自己的伴侶，他當初去Ｂ洲接他的塔茲嬸嬸，本來按照計畫是能在發表會當天趕到的，但因為天氣原因沒能趕上，等最終帶著嬸嬸到達ＬＶ市時，已經是Ａ座坍塌的第二天了。

「說起來，嬸嬸妳怎麼突然想來ＬＶ市了？以前怎麼勸妳，妳都不來。」這次還是全家出動。

胖胖的塔茲嬸嬸一愣，「誒？不是你派人邀請我們來的？說是什麼活動需要全家出席，如果不出席還會連累你的名聲。說起來，我還沒問你呢，沒出什麼事吧？」

費爾南多更疑惑了，這到底是怎麼回事？

原因自然很簡單，坐忘心齋的掌門離道不想見費爾南多，但又要救他一命，只能想別的辦法調虎離山。

哪怕是出家人，也是沒有辦法真的做到心靜如水，一視同仁啊！罪過、罪過。

X月O日 第二十七篇日記

不算表白的表白

律師找上白秋的時候，白秋正在急救室外面焦急的等待著做手術的白言，他不知道發生了什麼事能讓哥哥的心血毀於一旦，又讓他的兒子命在旦夕，他整個人都覺得糟糕極了。

當律師把裴安之的東西遞給白秋時，他滿臉詫異，「我大哥留給我的東西？幾年前你為什麼不給我？」

「一言難盡。」律師先生如是說。

「……」今天被這句話調戲了兩次，白秋有點想暴走，但最終他還是決定先看看他哥留了什麼給他，之後再暴走。

結果等白秋看完那東西之後，他沒有暴走，只是愣住了。

旁邊有助理上前，關心的問道：「先生，需要紙巾嗎？」

白秋這才發現自己已經淚流滿面，他接過紙巾，機械性的擦著自己的臉頰。這麼大了還哭，真夠丟人的，他想著，但他卻控制不住。

他問助理：「我哥呢？」

「大白先生已經從S市出發，正在趕過來的路上，大小姐已經快到了。」

「我是說裴……」白秋說出後面那個名字時，甚至有一點說不上來的氣短，不是心虛，而是好像生怕說得太大聲會被美夢驚醒。

「裴先生？呃，還安靜的待在他的墓地裡啊。」小助理有點不知道該如何回答。

白秋死死的盯著自己的助理，很顯然對方的話並沒有讓他滿意。

「您是說裴先生的律師對不對？」助理靈機一動，覺得自己真相了，這年頭當個助理也不容易啊！「律師已經離開了。說起來，那個律師的側臉和您有點像，也說不上來哪裡像，就是有一種感覺……」

「他去哪裡了？！」白秋這才像是活了過來，又或者是別的什麼，他抓住助理的雙臂，好像這麼做對方就能給出一個準確的答案。

「我、我不知道……」助理結結巴巴，他被白秋嚇到了。

「地址呢？律師的地址呢？」

「我、我這就帶您去，那白少爺……」

「他死不了！」

白秋對待白言態度的前後轉變之快，讓身邊的人都很是驚訝，不過一聯想到剛剛律師交給白秋的東西，大家很快就理解了，白言少爺這次又找死了，雖然不知道他做了什麼，但肯定是很糟糕的事，逼得老好人白秋能如此生氣。

於是，該為白秋聯絡車的就聯絡車，該向白冬彙報情況的就彙報情況，大家一起默契的無視了還在急救室裡的白言。

等白秋緊趕慢趕的趕到律師家時，那裡早已經人去樓空，什麼都沒留下，只餘一間很符合裴安之品味的小樓中樓。

等白冬從機場趕過來的時候，白秋已經坐在沙發上哭了有一會兒了。他從小就愛哭，總被白安娜笑話，一點都不像是個男子漢。

白冬上前拍扶著弟弟瘦弱的脊背，「到底怎麼了？」

「……」白秋張張嘴，不知道該如何向白冬說，最後只能說：「我是不是真的做錯了？我想對所有人好，到頭來卻害了不少人，連我大哥都不準備原諒我。」

「我就是你大哥，我永遠都不會怪你。」白冬知道白秋說的是裴安之，但他還是決定不提起裴安之的名字。自裴安之死後，白秋就有點因為打擊過大而精神不穩，白冬不想白秋繼續思慮過重，「對家人好沒錯，你不需要改變，因為這就是你啊。」

這也是白冬喜歡白秋的原因——你永遠不用擔心他會背叛你。

只是有好就有壞，他喜歡白秋的全然不設防，就要做好為白秋收拾爛攤子的心理準備，因為白秋不可能只對他一個人這樣好。白冬覺得自己已經很幸運了，白秋只會對家裡人表現出爛好人模式，對路人還是有著最基本的防備。

「但是……」白秋還想說什麼，他總是習慣性的把錯怪在自己身上。

「聽我說，親愛的，你想對別人好，這肯定沒錯。錯的是那個辜負了你信任的人。好比同樣是被你慣著的祁避夏和白言，祁避夏至今也就是在報紙上小打小鬧，對不對？」

要不是白秋慣著，照祁避夏那個闖禍的速度和能力，他肯定早就被白安娜和白冬一起收拾了。

「祁避夏也總是沒原則的寵著祁謙，結果祁謙不是一直很乖嗎？所以說，這不是你的問題，是人的問題，不同的性格會導致不同的結果。」

「那我現在該怎麼辦？我沒想到白言真的會大膽到這一步，那可是他大伯的東西啊！我從來沒有教過他這些。」白秋教白言的，永遠是要讓著家人，不要小氣，要大方。但天知道白言在這個教育的過程裡出現了什麼問題，他總覺得別人不懷好意，要傷害他和他爸爸。

所以說是基因問題啊，不是自己家的孩子自然不同。白冬在心裡這樣想著。

表面上，白冬卻還在勸說白秋：「白言本質上還是個好孩子的，只是偶爾也需要一點激進的手段讓他嚐到教訓。」

簡單來說，白言欠收拾！

「再多的勸誡，不如一次狠狠的摔倒。」白秋喃喃自語。這是他不知道從哪裡看到的教育理念，以前他一直對此嗤之以鼻，因為說得再好聽，也是對孩子的傷害。但如今看來，那句話還是有它存在的道理。

「是的，你必須狠下心了，這也是為了白言好。」白冬一步步的誘拐著白秋的想法。

白秋能被白言矇騙，覺得白言只是有點偏激，不會真的有什麼壞心眼，白秋自然也會相信白冬不會真的對付白言。所以他說：「我聽你的，哥。」

白秋對白冬發誓，這一次他絕對不會再心軟。

那個來自裴安之的東西，真的影響了白秋很多。

「這也是為了他好，免得他日後真的把自己搞死，再讓人想救都沒辦法。」

「對，沒錯，就是這樣。你看齊雲軒跟常戚戚他們去了國外之後，不就好了不少？好孩子需要寵，熊孩子就需要讓他吃點苦頭。我會把握尺度，你放心。」

「謝謝你，哥。」

「自家兄弟，客氣什麼。」

冰山總是悶騷又腹黑。

等白言醒過來的時候，他還在想著雖然被捅了一刀挺疼的，但爸爸看見他受傷了，肯定會心疼的吧？嗯，也不算是徹底的得不償失呢。

他側身一看，白秋就坐在自己身邊，正專注的削著蘋果。

「爸。」白言張開，聲音沙啞。

白秋轉頭，笑容依舊，聲音溫柔：「醒了嗎？醫生說那一刀捅得很有技巧，你不會有事的，也不會留下什麼後遺症，安心養病就好。」

「嗯。」白言笑著看他爸爸，果然爸爸總會對他心軟。

白秋這邊還在說著：「等你好點了，就轉去國外吧。你大伯——我是說，白家的大伯，已經都安排好了，他會照顧你的，不要任性，要乖，知道嗎？爸爸今……今天是最後一次來看你，你以後真的就只剩下自己了，要好好的，好嗎？」

「……爸，你在說什麼？什麼最後一次？我不要出國！我在國內好好的！是不是白冬又跟你說什麼了？我就知道，爸爸你別信他！」

「我不想在最後一次見你的時候，還在跟你吵架。」白秋努力讓自己保持一個正常的語氣，「但你要是再這麼說你大伯，我就真生氣了。你大伯也是為了你好，他沒有說你半句不是，哪怕你搞出來這麼大的事情，他也只是在盡力挽救。反倒是你，想想你剛剛都說了什麼混帳話。」

「爸？」白言不可置信的看著白秋。不應該是這樣的，白秋明明應該對他有求必應，什麼都聽他的。

「夠了！」白秋提高了聲音，嚴厲的看著白言，「從當年在機場接到你之後，我就一直沒有跟你說過半句重話，哪怕後來知道你其實不是我的親生兒子，哪怕你當年執意要回去接手你母親那些、那些……我不知道是否該稱之為事業的東西，我都在支持你，因為這是你所希望的。但你不能因此就肆意傷害自己的家人。我不記得我教過你這些。」

「我沒有，爸爸……祁避夏和祁謙不是都好好的嘛？」

「詭辯和狡辯是沒用的，阿言。就到這裡吧，我要離開了，你好自為之。什麼時候你大伯說可以了，你再回國。對了，這是你裴大伯留給你和我的，我的那份我已經看了，你的我沒看，我希望你留著自己看一下。」放下東西白秋就離開了，頭也不回。

白秋身為白家的養子，待遇總是和親生的孩子不一樣。小時候還好，長大之後，特別是等裴安之以那樣的身分回歸之後，白秋就敏感的感覺到了白家父母對他的不同，那種審視、打量，彷彿他就是個不定時炸彈，小心翼翼又戒備異常，生怕他一個不高興就會把整個白家都炸掉。

那讓一心一意愛著自己家人的白秋真的很受傷，他很惶恐，害怕失去他愛的家人。他努力的對所有人好，希望他們能喜歡自己，能把他當作真正的家人。

但是卻收效甚微。

後來白秋才知道，有個黑道老大的哥哥，普通人都是會害怕的，哪怕是世家。那不是什麼好的影響，最起碼白秋不喜歡，他要的不是別人怕他，卻怎麼都改變不了。

直至有了白言，完完全全屬於他的兒子。即便白大哥和裴大哥都在跟他說這個白言不對勁，他卻一意孤行，因為那是他唯一擁有的不會因為裴安之的身分而害怕他的家人了。他把童年缺失的遺憾，一股腦的都補償在了白言身上，他喜歡白言，不斷的誇獎他、鼓勵他，都不需要白言張口，就已經把他想要的一切都給了他。

結果，卻反而害了白言。

有時候，心軟往往是對別人最大的不公平，白秋告訴自己，你早該下狠心的，長痛不如短痛。白冬說得對，同樣是被家裡慣著的祁避夏、祁謙，甚至是裴越和裴熠，都沒有白言這麼偏激，他早該認清楚現實的。

白言看著裴安之留給他的白紙，想著白秋大概是真的再也不會來看他了。

裴安之留下的紙上寫著：「你輸了，我愚蠢的大姪子，我把你的事情依照約定告訴了你爸爸，從頭到尾，從你小時候開始。不要太喜歡我喲～大伯也是為了你好。」

是年，白秋生日，他收到了一張沒有任何字、也沒有署名的明信片。明信片上的風景很美，視野開闊，是裴安之曾提到過的，他很想去卻沒能去成的地方。

此後每年生日，白秋都會收到這麼一張沒有任何字的明信片，讓他發自內心的感覺到了幸福。

祁謙有天對除夕說：「我終於想起來我在哪裡見過那個律師了！」

「律師？」

「照片！裴安之的照片裡！他和沒整容前的裴安之一模一樣！」

祁謙能記住他遇到的每一個人、見過的每一樣事物，並按照時間順序，標上準確的關鍵字標籤儲存在自己的大腦裡，好方便自己隨時抽取。這種照相機似的記憶方式，大概是很多人都夢寐以求的，不過這個記憶也帶給了祁謙不小的煩惱。

好比關於律師先生的長相問題。

你以為祁謙是從什麼時候開始在自己的大腦裡檢索這位律師先生的長相的？雙子座爆炸案？不，事實上是從裴安之的「葬禮」之後，幾年前那次遺囑發布會。

遺囑很長，裴安之廢話很多，大家到中期的時候，基本上就沒再注意聽不涉及自己的部分了。祁謙的大腦卻被迫記下了裴安之全部的遺囑，然後祁謙注意到了唸遺囑的律師先生，總讓祁謙覺得似曾相識。

最終，經過好幾年漫長的腦內檢索對比，祁謙終於找到了律師先生的真面目。

記憶太多就是有這點不好，當你沒有主要尋找的關鍵字時，一一的比照能逼瘋你。

當然，祁謙不得不承認，比照這麼多年的主要原因，還是因為他沒多少好奇心，以及看動漫畫占去了他太多時間。

幸而最後得出的結論是好的，祁謙想，以裴安之的性格，他又怎麼可能不親自到場圍觀自己的大作呢？

◎◆◎◆◎◆◎

隨著恆耀和埃斯波西托家族石破天驚的自取滅亡的方式，整個社會都把他們的關注點聚焦到了黑社會這一古老而又傳統的職業上。網路上的段子層出不窮，永遠緊跟網路流行的影視媒體也趁勢推出了以黑社會為藍本的新劇《The Family》（家族）。

故事一開始就是三個世紀之前，那個以光明神教的曆法為依託建立起來的大航海時代。宗教戰爭一觸即發。

這個世界再沒有什麼比這更諷刺的了，黑社會家族式的組織，最早起源於宣傳愛與正義的教會，他們的演變史就是教會內部的爭權奪利史，不少家族都保存著甚至連教會都沒有的本該屬於教會的珍寶。

世界公認的最早的兩個黑社會家族，分別來自光明神教的第七任大祭司和聖女，他們為爭奪光明的權利而滋生了黑暗。

這也是「七」後來成為了「惡魔之數」的原因。

不過，這個只是《The Family》的開頭資料片，之後時間就會快速流逝，直到黑社會大行其道的上個世紀初，這才放慢了鏡頭，講述一個窮小子是如何加入家族，成為一代教父的故事。

雖然劇本裡沒有明說，故事背景也被設置在Y國兩東東里島，但，是個人都能看出來，男主角的原型就是前些年空難去世，最近組織才真正土崩瓦解的裴爺裴安之。在裴安之真的死去、他的組織徹底玩完的今天，才有人敢拍他的故事。

祁謙之所以知道這些，是因為這個故事的劇本正在他手上，不是請他演戲，是劇本的導演正在尋求投資，他們的目標自然也不是祁謙，而是除夕。

「這個導演知道你和裴安之的關係嗎？」祁謙皺眉。

除夕正站在室內的吧檯前替祁謙倒飲料。自從祁謙十二年前入住祁避夏的家之後，家裡一切不利於孩子成長的東西都被轉移了，好比酒窖和各年份的美酒。吧檯裡被祁避夏堆滿了飲料，這讓每一個見到這種搭配的人都要讚一句「別具一格」。

「不要說這個導演了，大部分人都不知道，知道的人不是死在了雙子座，就是目前正任職高位，感謝爺爺留下來的保護傘。」

祁謙把劇本扔在一邊的沙發上，接過除夕遞上來的飲料，「不作死就不會死。你準備怎麼打擊那個導演？」

「打擊？Why？」

「不要告訴我你看不出這個劇本是以裴安之為原型，這個算是冒犯了吧？還是說你真的打算投資這個？」

除夕點頭，「為什麼不？我把劇本拿過來的目的，就是想問你有沒有興趣友情演出。」

「你來真的？」祁謙不可思議的看向除夕，「我一直以為你很尊重裴安之的。你想我演哪個角色？」

雖然祁謙對自己的演技很有信心，但劇本裡的男主角是個外國人，外貌局限，他肯定不適合。

「《The Family》最開始的那個家族第一任家主，也就是故事一開頭你出現一下，再之後你就會一直出現在牆上了，還有別人的嘴裡，最偉大又英年早逝的第一任教父大人。」除夕回答得很快，他是真的早就打算好了，「還有，我當然很尊重我爺爺，只是你不覺得生氣嗎？到最後他只留下東西給二爺爺，跟你我卻完全斷了聯絡。」

題外話，當除夕知道白秋每年生日的時候都會收到一封明信片，他就決定了要把《The Family》拍成系列片，還為男主角安排了好幾段甜膩到要死的愛情故事。裴安之最受不了的就是這個，愛情。

「算我一個。」祁謙毫不猶豫的點了點頭，為了他沒得到的限量版公仔吊飾，「對了，男主角你準備用誰？」

男主角用誰？這不是明擺著的嘛——阿多尼斯。

阿多尼斯現在對外還是叫阿波羅，他以前不想用他弟弟的名字苟且偷生，現在卻很樂意在大仇得報之後用弟弟的名字活下去，「就好像我們還是同時活著一樣」——阿多尼斯曾這樣跟祁謙說。

換句話說就是阿多尼斯的外在就是金髮碧眼的C、A兩國混血，十分符合故事男主角的外形要求。

《The Family》故事主要是從當年光明神教大祭司和聖女兩人的後人所建立的兩個制霸

兩東東里島的家族展開，雙方互相仇恨、對立，三十年河東，三十年河西，在關鍵時刻又會一致對外，維護兩個家族共同的利益。

簡單來說就是相愛相殺。

男主角是一個父母雙亡的孤兒，為追求他的愛情，隻身來到兩東東里島，卻因緣際會的救了兩個家族之中孔蒂家族的重要人物，而被捲入了兩個家族之間的鬥爭。

祁謙友情演出的就是孔蒂家族的第一任教父，也就是光明神教第七任的新晉大祭司。年輕俊美、又有一種說不上來的古代貴族的優雅，大祭司的名字就叫孔蒂，來自神秘的東方，後來這個名字成為他後代的家族姓氏。

當定妝照發布到網路上之後，祁謙的粉絲們再一次沸騰了。

「舔屏！」

「我殿美如畫！」

「天了嚕，看了定妝照之後突然想去信光明教了是怎麼回事？」

「殿下真全能啊，什麼職業裝，他都能穿得特別帥。」

「職業裝PLAY，嘿嘿嘿。」

可惜，祁謙本人其實在電影裡的劇情並沒有多少，大部分的鏡頭還都給了他的畫像——猩紅色的白毛滾邊法衣，手持寶石權杖，神情倨傲，他本應該是光明女神派下人間的使者，卻傳播著恐怖與黑暗。

「女神居左，我於右，這就是世界的真實。」

這話的意思是我與女神一樣強大，卻與女神的光明意志背道而馳。女神教我要憐愛世人，要與人為善，要永遠寬容；我卻厭惡世人，與人為惡，永遠睚眥必報。

你相信女神能救你，因為你相信女神的神力；女神卻沒有救你，因為女神相信你自己的能力。

女神做了她該做的，你也要去努力做自己能夠做到的。

……開什麼玩笑！

電影裡，年輕的孔蒂祭司手持權杖，笑容像天使，眼神如惡魔。

而歷史上的孔蒂其人，是整個光明神教歷史上最獨一無二的存在，他是唯一一個終身居住在兩東東里島的教會高級神職人員，也是唯一一個拐帶著聖女也居住在兩東東里島的人，更是唯一一個能這麼鼓動聖女追隨他不是因為愛情而是因為仇恨的人。

年輕的孔蒂死於刺殺，也是歷史上在大祭司這個位置上任職時間最短的人。

可惜，歷史上的孔蒂家族卻沒能像電影劇本裡演的那樣延續到兩、三百年之後，隨著孔蒂去世，他的家族也自此一蹶不振。而在《The Family》這部虛構的電影裡，孔蒂家族卻一直存在，和同樣並不應該存在的加圖索家族內鬥不斷，延續著先輩說不清、道不明的愛恨糾葛。

TF劇組遠赴兩東東里島，全片實景拍攝，還想辦法租用到了歷史上孔蒂真正居住過的、如今已經成為著名旅遊景點的聖德古堡，和旁邊的加圖索大教堂。

沒多少戲分，完全可以在室內場景搞定的祁謙，最終也隨劇組一起去了兩東東里島。

目的：旅行。

陪同人員：除夕。

祁謙拍了不少照片，特意留給因為學業問題而沒有辦法一起來的蛋糕和福爾斯，氣得他們倆牙癢癢。謝忱讚嘆，這就是友誼。

謝忱？是的，那個好不容易才在四十多歲當上影帝的毒舌大叔，也來到了Ｙ國，目的卻不是旅行，而是飾演《The Family》裡孔蒂家族的現任教父，一個執掌孔蒂家族數十年的梟雄。男主角救下的家族重要人員，就是這位教父的心腹，也因此男主角才一躍龍門，進入了整個孔蒂家族的核心，進而在最後老教父去世後坐上了家主的寶座。

Ｙ國盛產披薩、咖啡、冰淇淋，以及公認的國際性非法黑社會組織。

「裴安之在這裡也有……呃，產業？」祁謙對於Ｙ國的盛產只能聯想到裴安之。

「要不你以為ＴＦ劇組為什麼會來Ｙ國拍攝？這裡有不少我爺爺生意場上的老朋友，甚至可以這麼說，恆耀的生意除了在Ｃ國的部分，剩下的都在Ｙ國，且在這邊都已成了一個產業鏈，倒是沒有法律明文規定那麼恐怖，不過他們都很講道義，哪怕是我爺爺『去世』了，也會給我些面子。摻合他們的產業不可能，但若想在這邊拍個電影什麼的，還是能大開綠燈的，畢竟這部電影可是為了『紀念』我爺爺。」

從劇組到達Ｙ國第二大城市的國際機場之後，除夕就接二連三的接到了不少人的邀請，請他去敘舊、吃頓便飯什麼的。

祁謙這才想起來，去年Y國世界盃的時候，除夕似乎也是這樣，總是會接到邀請電話。

「怎麼就這麼多呢？」祁謙隨口感慨了一句。

除夕在一邊聳肩回答道：「據全球最大的統計公司給出的資料表明，Y國百分之九十以上的公民都信仰光明神教，而黑社會又起源於光明神教，特別是有歷史可以考據的黑手黨，最初還是起源與終身居住在Y國阿薩德的孔蒂大祭司和加圖索聖女，這些你應該知道吧？對於Y國人來說，雖然這不被法律和國際社會承認，但黑社會卻也不失為一個可以賴以謀生的手段。」

據不完全統計，每六個Y國人中，就有一個人或多或少會和該國滋生的黑社會組織有關係，家族成員就像是律師、會計這樣的職業一樣普遍。

祁謙本來對這次旅行並沒有抱多大的期望，因為在去年世界盃時，他隨著B洲國家隊已經輾轉參觀過Y國不少的著名城市了，他完全不覺得Y國還有什麼是他沒參觀過的，直至祁謙發現，劇組直奔的目的地並不是Y國，而是有國中國之稱的阿薩德。

前面除夕介紹過了，阿薩德是孔蒂大祭司和加圖索聖女生前居住過的地方，古時是Y國的一座城市，如今卻因為孔蒂大祭司的歷史，而變成了光明神教中樞直接管轄的自治區，一般人根本不允許進入。

阿薩德，這個名字有著「光明誕生之地」和「日落之地」兩種截然相反的意思。

這裡占地面積巨大，全城的居民卻不到五百人，他們從孔蒂時代開始就世世代代生活於此，是被精挑細選才能得以留下來的最忠誠的教徒，忠於光明女神，也忠於孔蒂和加圖索。他們對待客人和自家人熱情淳樸，對待外人卻會豎起冷漠的高牆，是如今地球上保存古代文化最完整的地方之一。

阿薩德人不會稱呼自己的地方為國家，他們還是挺尊重他們的鄰居Y國的；他們也不願意用城市稱呼自己，更願意用「小鎮」這樣的字眼。

整個鎮上沒有誰是不認識誰的，他們守望相助，極其排外。

小鎮依託於卡列山脈建立，是全球光明教徒心中的聖地之一，又有世外桃源之稱。

「這裡的景色真美。」祁謙來到地球這麼多年，依舊會不自覺的被大自然的美麗景色所吸引，也始終不明白擁有這一切的地球人，為什麼會如此的不懂得珍惜，「真想在這裡住一段日子。」

「可能性不大，除非你信奉光明神教，且相信孔蒂和加圖索。」除夕回答。他們這次的劇本能通過，還來到把孔蒂奉為神的地方拍攝，最初可是受到不小的阻力，幸而最終還是通過了。

卡列山上是聖德古堡，山下有加圖索大教堂。每年全球有數以百萬計的遊客湧向此處，在周邊隸屬於Y國的領土上，等待著那很微小的能獲准進入阿薩德的旅遊名額。即便很貴，即便很有可能等不上，但遊客依舊樂此不疲，有不少人甚至年年都會來爭取一下。

加圖索大教堂會在每週日，允許一定數量的光明教徒來進行禮拜，每一個進入教堂的人都會事先受到很嚴格的排查。

攝製組能獲准在這裡拍戲，只能說裴安之在光明神教中的面子，遠遠比祁謙等人想像的還要大。

不過，那也只是給了ＴＦ劇組一個機會，一個面臨阿薩德全鎮四百五十一人大考驗的機會。他們將會在全體居民面前拍一場戲，有關於孔蒂的，然後由居民們投票表決，贊成票過半數，劇組就可以獲得長達一個半月的取景拍攝時間，並受到全鎮的歡迎；過不了半數，那就對不起了，哪裡來的請回哪裡去！

「壓力大嗎？」除夕在開拍之前問祁謙。

祁謙摘下谷娘眼鏡，畫面裡正在播放他最喜歡的一部動畫，他疑惑的問除夕：「你剛剛說什麼？」

「……當我沒問。」

「哦。」

光明神教起源於Ｅ國的第一任聖子蘭瑟，在Ｅ國瘟疫橫行的那年，聖子蘭瑟帶來了光明女神治病救人的藥；後來第一任聖女穆圖，發現了光明女神遺留於世的寶藏，改變了整個世界的資源格局，尊定了現代科技的基礎。他們默認東方是神眷最濃郁之地，日出東方，光明從此來到人間。每一個光明神教的人都以能擁有Ｃ國的名字為榮，他們一心嚮往著那個古老而又神秘的地方，第二任聖子乾脆就直接由Ｃ國皇室的榮親王擔任。

光明神教有總教堂，卻沒有聖子或聖女的宮殿——這是教義，聖子或聖女帶來女神的福音，卻不會貪占人間的財富，他們不建宮殿、不受供奉，只接受信仰。

所以，每一代的聖子或聖女，都會選擇不同的地方居住，但基本上都不會離開東方，只有鮮少的幾個特殊例子，其中之一就是聖女加圖索。沒人知道她和大祭司孔蒂為什麼會選擇定在Y國的阿薩德，這個原因至今成謎。只是阿薩德因此擁有了特殊的地位，與Y國屬於平等的地位，Y國也是盡可能的為阿薩德大開方便之門，各種照顧。

最有意思的是，阿薩德甚至沒有自己的消防隊，有火災的時候只需要打電話叫隔壁屬於Y國城市的消防隊就OK，路程用不了十五分鐘。

小鎮上的每一個人，都很崇拜孔蒂大祭司和加圖索聖女，即便大家都知道當初雙方互相對立得那麼厲害，但他們還是一起被人們所敬仰。無所謂對錯，只因為他們就是這座小鎮的神，是這座小鎮的信仰，是這座小鎮之所以存在的原因。

祁謙飾演的孔蒂大祭司，一手建立了聖德古堡，他是整個光明神教中最離經叛道的大祭司，黑社會始自於他，崇尚節儉的光明神教首開奢靡之風、提出由教會接管政權的也是他。可以這麼說，孔蒂是一個野心勃勃的人，說出過女神居左我於右的狂言；但與此同時，孔蒂卻也是女神最虔誠的信徒。

哪怕是在光明神教內部，都對孔蒂這個大祭司存在著很大的爭議與分歧。

可惜的是，孔蒂的教內改革並未成功，他就已經死在了山腳下的加圖索大教堂，他倒在繪製著光明神教神話故事的彩色琉璃照壁之下。

孔蒂最後的一句遺言是：「不是加圖索。」

從小就開始互相爭鬥的二人，在最後卻也是唯一相信彼此的人。

沒人知道壯志未酬身先死的孔蒂，到底是被誰殺的，大家默認只有聰明的孔蒂在死前猜到了真凶，可惜他卻沒有來得及說，因為他下意識的最先要維護自己老對手的清白。

祁謙要在全鎮人面前演出的正是這一場，孔蒂心知肚明凶手是誰，卻在維護了聖女後，沒來得及說出真相就死了。

祁謙肯定是不知道真凶是誰的，劇本裡也沒有給出；這種有爭議的事情，劇本自然是不好說的，一個不小心就容易遭罵。所以，劇本裡給祁謙的只是一個模稜兩可的句子，卻希望祁謙能夠詮釋出「確確實實知道凶手是誰，心中從不存疑」的孔蒂。

這肯定是不好演的，連導演都覺得有點難為祁謙了，但還是必須硬著頭皮上。這是無法規避的，很多關於孔蒂的傳說可以改寫，他的死卻是絕對不能用春秋筆法的方式繞過去的。

◎◆◎◆◎◆◎

小鎮上禮拜日的鐘聲緩緩響起，廣場上的白鴿振翅而飛。

身著猩紅色法衣的孔蒂大祭司，在小鎮居民的注視下，正虔誠的沐浴在陽光中，他在為全鎮人對女神祈禱。

鐘聲響起的那一刻，他睜開了一雙深潭般的黑眸，醞釀著不為人知的風暴。但是在轉身面對教眾的那一刻，他的臉上卻重新掛上了自信與溫柔的微笑。

他說……

冷箭從不知名的角落射來，伴隨著所有人的驚呼，孔蒂被射中腹部，踉蹌後退了兩步。孔蒂倚著透著光的彩色照壁緩緩滑下，身後的鮮血抹出一道讓人無法忽視的痕跡，他一手握著箭，一手撐著地，不讓自己徹底倒下。他大口、大口的喘著粗氣，即便是瀕臨死亡，他全身上下也有著一股說不上來的神秘優雅。

他說：「不是加圖索。」

那一刻，祁謙突然感覺自己好像進入了某種玄而又玄的境界，他顫顫巍巍的抬起左手，食指晃動，在陽光下白皙透明到彷彿能看到血管。

現場的人們也隨著祁謙的動作不由得屏住了呼吸，陷入了某種奇怪的情結中。彷彿時間逆轉，他們真的成為了上個世紀的先輩，一起焦心的等待著那個答案。

但祁謙卻沒了動作，在全場寂靜了好幾秒之後，他才問：「不喊卡嗎？」

所有人大夢初醒，不可思議的看著祁謙，然後才爆發出了熱烈的掌聲。小鎮居民很多都淚流滿面，甚至有老者下跪行禮，所有人齊聲叫出了他們共同的信仰：「孔蒂大人！」就好像他們真的透過祁謙和歷史的長河，見到了孔蒂。

看來已經不需要全鎮公投了，小鎮居民的現場表現直接給出了最終的答案，這個孔蒂他們接受了。

導演也是激動萬分，連連讚嘆，請祁謙只是友情演出，沒想到他能演得如此傳神，有那麼一刻，他都想等孔蒂說完結果再喊卡。祁謙不是最像留下了影像的孔蒂的人，但他卻是把孔蒂演活了的人。那個充滿了矛盾與神秘的男人，有著明知他很危險，卻還是會讓人情不自禁飛蛾撲火的致命魅力。

——我是孔蒂，我回來了。

劇組這一整天的安排就只有「孔蒂被刺殺」的這一場戲，死完就收工，然後開始全鎮公投。無論男女老幼，每個人都會排隊到廣場對面的圖書館裡進行投票，有贊同、反對以及棄權三個選擇。

劇組的人都跟著去看結果了，只有祁謙沒去，比起看十拿九穩的結果，他更願意站在教堂裡，感受剛剛拍戲時那一瞬即逝的感覺。他無法形容那是什麼，自己也不甚瞭解，只是有那麼一刻，他覺得自己好像終於抓住了一直在追求的東西。

可惜那種狀態來得毫無預兆，又消失得無影無蹤。

祁謙曾虛心的向祁避夏請教，卻只得到一句「哈哈，我也說不清，只是覺得該這麼演」的很不負責任的話。

如今祁謙終於明白了，祁避夏那不是不負責任，而是他已經在很努力的想要跟他描繪。就在倚著牆緩緩滑下的時候，祁謙突然覺得他是他，卻又不是他，彷彿冥冥之中他已經看到了接下來的每一步軌跡。不是劇本在掌控他，而是由他在掌握劇本，如何表達才算恰到好處，他心中自有溝壑。

祁謙太想要找回那種感覺了，卻反而找不到。

他穿著力求逼真而重金打造的戲服，站在聖潔的教堂裡，閉眼，感受著這裡的一切。大腦裡開始不自覺的描繪著整個教堂的構建圖。女神的白玉雕像在他身後，緩緩張開雙臂，彷彿隨時都可以讓他擁抱，雕像後面是彩繪的花窗櫺，無論何時何地、從何種角度觀看，悲憫的女神的身後，總能透過彩色的玻璃窗透出淡淡的光芒。

在女神之前的就是手持權杖、身著華服的孔蒂！

「是誰殺了你？」小男孩的聲音從教堂門口傳來。女神雕塑右邊四座彷彿能頂住穹頂的管風琴傳來了雄厚有力的聲音，那是彷彿來自天國的禮樂。

祁謙猛地睜開眼睛，看著距離他很遠的小男孩，回答道：「沒有人，我只是在演戲。」

穿著卡其色背心的小男孩失望極了，他垂下頭，「抱歉，打擾你了，我知道你在演戲，我只是以為演戲時的你真的被孔蒂大人附身了，他在透過你傳達著什麼訊息……」

祁謙笑了，正準備張口告訴對方演戲都是假的，卻因為這一個想法而愣住了。

是啊，如果他覺得演戲是假的，那他又如何能入戲？如何把那個角色演活呢？不是他被某個角色附了身，他只是他，不是祁避夏，也不是那個劇本上的角色；設身處地的想想，他置身於某個環境裡，面對不同的問題又會如何反應呢？

這就是演戲，不是一味的模仿，也不是全然的自我，他是他，帶有孔蒂特色的他，又或者帶有他特色的孔蒂。

一樣的句子，不一樣的人，總會表達出不同的意思，這就是藝術。

當祁謙想要再去跟小男孩說話的時候，那個小男孩已經消失了，就彷彿他從未來過。祁謙深吸一口氣，再緩緩吐出，他閉上眼，在心裡默數，一、二、三！再睜開眼時，他就是光明神教的大祭司孔蒂，生於微末，長於斯，他因為信仰女神心存善念，卻也會為了保護自己的教眾而手握利劍，去維護他所堅持的正義。

女神居左，我於右。

原來是這個意思！

孔蒂就是女神手中的劍，最起碼他自己是這麼堅信的，這個世界上有光明就會有黑暗，不知道黑暗的恐怖又如何能感念光明？

拿著利刃，他無法擁抱他的教眾；放下利刃，他又無法保護他們。

所以，最終孔蒂選擇了由女神擁抱，而他披荊斬棘，屠戮人世界一切的不平。

殺即是愛。

「全數通過。」

除夕帶著笑意回到教堂裡，祁謙正愜意的坐在座位上，笑看著陽光下的光明女神。他整個人都放鬆極了，再沒有他演出孔蒂死前的緊張。莫名的，除夕覺得這個散漫到與歷史上描寫的殺神孔蒂完全不同的態度，才是真正的孔蒂。

祁謙轉身看向除夕的時候，已經再一次恢復了他與以往一般無二的表情，他說：「投票結果是肯定的。」

之後又加緊拍攝了兩天，祁謙在加圖索大教堂的戲分就全部拍完了，剩下還有差不多一天的戲分則全部堆在了聖德古堡。按照和鎮上的約定，劇組只能一次性在一個地方拍完，再去下一個地點，不許走回頭路。所有人的戲分只能這樣跳躍的在同樣的場景下一口氣拍完。

而在沒有戲分的日子裡，祁謙就穿著戲裡孔蒂的輕禮服，拉著除夕去參觀整個小鎮，這裡除了人以外，其他的都是真正的歷史。

一路走過青石板鋪成的大道，祁謙和除夕會遇到不少熱情的居民笑著跟他們打招呼。

「孔蒂大人。」人們總會這麼說。他們都心知肚明祁謙不是真正的孔蒂，卻堅持認為這是女神的安排，在時隔百年後，讓孔蒂借祁謙之身，再一次重新回到這個他深愛的地方。

祁謙每次都會嚴肅的跟對方糾正：「我叫祁謙，不叫孔蒂。」

居民們也都會笑著說知道，但下次見到祁謙時依舊故我。

除夕覺得要是他，這樣來幾次，他大概就會放棄糾正了，可是祁謙卻沒有，一直再一遍又一遍不厭其煩的解釋。這讓除夕看著覺得可愛極了，內心升起歡喜無限，大概無論祁謙是什麼樣的，他都會覺得好。

「你覺得孔蒂喜歡加圖索嗎？」除夕在某次閒逛時問祁謙，他總覺得鏡頭前的祁謙就是孔蒂，最起碼祁謙已經懂了這個人。

光明神教是不限制神職人員的婚姻問題，他們講究的是神愛世人，任何美好純潔的感情都是值得推崇的，自然也包括愛情。哪怕是聖子或聖女都是可以結婚的。不過不知道是不是巧合，歷任聖子或聖女都鮮少有結婚的，即便結婚，選擇的對象也往往是大祭司或者騎士團團長，只會內部消化。

而往往歷史上的大祭司，對聖子或聖女都是一往情深，無論他那一屆的聖子或聖女是否喜歡他。

這也是孔蒂被說是離經叛道的主要原因，他不僅不喜歡他的加圖索聖女，還和她鬥得厲害，下手的時候真是一點情面都不留。

可是怪就怪在這裡，最後孔蒂死時，他的第一反應卻是為聖女開脫。

「不喜歡。」祁謙回答的速度很快，「孔蒂喜歡光明女神。加圖索是聖女，他討厭那個女人，會毫不留情的斬斷她身邊的人，卻不會傷害她，因為她是光明女神的聖女。」

「喜歡一個神？」除夕覺得這大概是他兩輩子以來聽到過的最神奇的理論，但是仔細想想，還真的挺有道理的。

「為什麼不能呢？現在不少人不也是喜歡二次元人物喜歡到不可自拔嘛，這是同樣的道理。」

「那你喜歡什麼二次元人物？」除夕一下子就轉變了畫風，有點語無倫次的傻氣，「比喜歡我還喜歡的那種。呃，我是說，我們倆是朋友，你總是喜歡我的，對吧？」

「嗯，我喜歡你，而我喜歡的二次元人物有很多。」祁謙回答的很認真，「但他們都沒有你重要。」

夕陽下，除夕整個人都變紅了。

×月○日　第二十八篇日記

配對亂了

ＴＦ劇組在阿薩德拍了一個半月的戲，祁謙自然不可能把一個半月的時間都耗在那裡，即便那邊的景色再美都不行。

在拍完自己全部的戲分之後，祁謙又在阿薩德多住了五天，就不得不驅車離開了。離開的那天天氣如何不得而知，因為當時大家都被全鎮傾城而出來為祁謙送行的盛大場面給震住了。劇組想把這一幕拍下來，未來當作電影宣傳的談資之一，卻被祁謙攔了下來。

「這樣不太好。」

會有一種利用別人的真心來當笑話看的感覺。

反倒是阿薩德的人同意了把這一幕拍下來進行宣傳，他們並沒有覺得劇組拍攝他們送行的場面有何冒犯，反而很高興他們對孔蒂大人的忠誠被世人知道了。

無論祁謙如何說，全鎮的人都始終堅持認為祁謙就是孔蒂，最起碼在他待在阿薩德的這段日子裡，他就是孔蒂——這足以證明祁謙演得有多逼真。

這段期間，祁謙還找到了當日在教堂問他的小男孩，圓了對方一個關於孔蒂的夢。他告訴對方：「誰殺了我已不再重要，因為那人已經淹沒在了歷史的長河裡，也因為對我來說，看到信仰著女神的你們都幸福的活著就足夠了。」

「孔蒂大人，我會努力讓自己幸福下去的。」小男孩興奮極了。

光明神教的教義就是幸福和快樂。

「你要不要考慮改行？」揮別了阿薩德熱情的教眾，除夕笑著轉身跟祁謙打趣。

「改行？」

「你當明星本來就是為了賺取別人的喜歡，信仰之力能提升尾巴能量，而如今你也看到了，宗教的凝聚力和信仰之力可比粉絲狂熱的多，哪怕是孔蒂去世這麼多年之後的今天，依舊有人世世代代的忠心於他，這力量可以劃破時空。」

祁謙搖了搖頭，「也許等祁謙這個身分百年之後，我會考慮。但是現在，我覺得當個演員就挺好的。不對，應該說我喜歡當演員，我喜歡演戲。」

也許剛剛來到地球時，祁謙只是單純的為了尾巴能量才開始投身於演藝圈，但隨著這些年不斷的深入、瞭解，這種最初只是為了能量的做法，早已經在不知不覺間轉變為了一種習慣再到喜歡。未來如何，誰也說不定。但祁謙可以肯定的是，直至目前為止，他是不想換職業的。

「只是一句玩笑，你怎麼每次都這麼認真。」除夕真的很想抬手捏捏祁謙的臉，這種被認真對待的感覺，很窩心，「我總覺得自己能為你做的還不夠多、不夠好，因為你實在是太好了。」

「我也是這樣想的。」祁謙煞有介事的點點頭。

當初在雙子座時，除夕很後悔沒有對祁謙真正的表白，把自己的心意傳達給對方知道，如今他卻怎麼都沒有辦法鼓起勇氣去圓這個夢，因為他很怕他告白之後會勉強了祁謙。

他是說，也許祁謙本來不這麼想，但會為了他高興而答應。他不覺得這是被侮辱了，只是覺得這樣太勉強祁謙。他想祁謙快樂、隨心所欲，無論是誰，哪怕是他自己，也不能束縛祁謙，因為祁謙就是他的全部。

◎◆◎◆◎◆◎

就在除夕和祁謙各種甜蜜蜜的時候，皇太孫正和他的父親第N次爭吵。

從小到大，這對皇家父子就矛盾不斷。當年太子娶了小三——現任太子妃，女皇以怕皇太孫被不三不四的女人帶壞為名，將年幼的皇太孫接到身邊躬親撫養，矛盾就這樣開始了。

太子質問女皇什麼叫不三不四的女人，沒等女皇回答，年幼的皇太孫就護在女皇面前，昂起小胸脯，用稚嫩卻足夠堅定的聲音對他的父親說：「不許你欺負皇祖母，你娶的那個新妻子就是不三不四的女人，所有人都這麼說！」

心胸不夠寬廣的太子，把這個仇記到了今天。

「當初說我娶了個不三不四的女人，你又好到了哪裡？你母親家（繼母）以前好歹是世家，雖然沒落了，但那也是世家，你再看看你找的這個徐森長樂，呵。」太子今天把兒子叫到書房之後，劈頭蓋臉的就是這麼一句，然後緊接著就是電影裡的經典環節——甩照片，照片上都是皇太孫在學校裡和蛋糕在一起的照片。

第二任太子妃的所謂「出身世家」，自然是太子為她運作而來的。

皇太孫很冷靜，甚至可以說是冷漠，他一張張的把照片撿起，拍拍上面不存在的灰塵，整理好之後珍視般的放進自己的口袋裡，全程無視了太子越來越生氣的臉。

最後，皇太孫才慢條斯理的跟太子說：「第一，氣死我真正母親的那個女人，她不是我母親，我不會承認，皇祖母也不會承認；第二，我和蛋糕並沒有在一起；第三，即便我們在一起了、有照片了又怎樣？最起碼我們都穿著衣服，在室外，可不像那個女人當年寄給我母親的照片裡你們倆的樣子……哦，不對，你們倆雖然沒穿衣服，但人確實是在室外的——野戰，您真的不覺得噁心嗎，父親？不要一副大驚小怪的樣子，是的，我看到那些照片了。」

「她怎麼敢……怎麼敢給你看這些！你當初還是個孩子啊！」太子更加怨毒自己的第一任太子妃了，這種事情怎麼能告訴兒子！

「哦，原來您也知道我當初還是個孩子。」

「最起碼我不會把那些照片拿給你看。」太子氣憤的說道，他始終覺得他沒錯，都是他第一任妻子的錯。

「但你的現任妻子會。你以為照片是誰讓我交給我母親的？」皇太孫表示他這輩子都忘不了年幼的自己打開信封之後看到那些照片的感覺，以及生母在知道了他也看到之後那歇斯底里的樣子，是個母親都無法容忍這樣的事情發生在自己的孩子身上。

「這、這……她也不是故意的，她不知道你也會看到。」

「我沒空聽這種連小學生都不信的辯解。你我都清楚，她的目的就是為了惹怒我母親，自然怎麼樣的手段激烈就怎麼來。你繼續和你的『仙女』過，我繼續噁心你們倆，我們互不干涉這麼多年，不是挺好的嘛？如果沒事的話，我還有事要忙，不像您。」

女皇是真的有意要直接傳位於皇太孫了，從皇太孫和太子的忙閒對比中就能看出來。

這也是為什麼皇太孫這幾年對太子的態度越來越不耐煩的原因，因為他很清楚，他不再需要仰仗他父親的鼻息活著。

「你站住！我說過讓你走了嗎？！我是你父親！」太子從小長在母親的陰影裡，最恨的就是別人挑釁或質疑他的權威，一如他那個高傲的第一任妻子。

本來打算全當沒聽見的皇太孫，在聽到最後一句還是轉過身，眼神嘲諷道：「您也知道您是我父親？用那些連八卦記者都嫌不夠勁爆、無法登報的照片來質疑自己兒子，您可真是個『好』父親。您信任給了您照片的人遠遠大於我吧？照片是誰給您的？那個女人？還是她的女兒？算了，無所謂，反正就是她們之中的一個，誰都一樣，不過一路貨色。」

「你怎麼能這麼說你的母親和姐姐！她們也是關心你！」太子沒有否認。他就這點好，有時候坦誠到可笑。他趕緊又道：「如果沒有自然好，你跟那個徐森長樂趕緊劃清關係。你姐姐有個朋友……」

「您聽不懂我說的話嗎？」

皇太孫的眼神一瞬間變得銳利起來，聲音也凶狠了很多，嚇得太子一時都有點忘記自己本來要說的話了。

不給太子機會，皇太孫一字一句道：「我說，那個女人和那個女人的女兒，不是我的母親和姐姐，我不會承認，皇祖母也不會承認！我的事情不需要你們來管，以及謝謝你們幫我打開了一扇門，我發現我是真的挺喜歡徐森長樂，只是以前沒發現，現在我會去追她的。」

「你敢！」太子已經顧不上許多，一拍桌子就站了起來。

皇太孫笑著回答：「我敢。而且拜您所賜，我不僅敢追，我還敢娶她。我小時候就發過誓，絕不會變得像您一樣懦弱而又沒有擔當。如果您愛您的初戀，那一開始就堅持娶她啊，結果您卻讓她當了您的情婦，娶了我母親算什麼意思？說什麼我母親和皇祖母合夥害了您一生，您才是害了她們的那個人！我要證明給您看，愛一個人的時候就是非卿不娶，沒有那麼多的迫不得已，只有覺悟夠不夠而已！」

說完，皇太孫就離開了太子的書房。

第二天，皇太孫和大神三木水的女兒徐森長樂談戀愛的消息便傳遍了全球。

事後，當皇太孫真的因為愛情和蛋糕結婚時，皇太孫在婚前對未婚妻是這樣說的：「我必須老實的跟妳懺悔，最初決定追妳的時候，我肯定是喜歡妳的，但讓我決定追妳的契機卻是和我父親置氣，多少帶著一點賭氣的成分。」

「哦。」蛋糕和祁謙在一起當朋友當久了，難免有些口頭語就愛跟祁謙學。

「妳不生氣？」

「我為什麼要生氣？」

「一般電視劇裡不都是這麼演的？」皇太孫最初坦白時是懷著很大的忐忑，「女主角這個時候不都會說原來你不是真的愛我，我看錯你了，我不要和你在一起了，然後和男主角糾糾纏纏好幾十集嗎？」

蛋糕一臉鄙視的看著皇太孫，「你比我都少女心，你知道嗎？這事多簡單啊。我問你，你現在愛我嗎？」

「愛！」斬釘截鐵。

「是因為氣你父親才想和我結婚的嗎？」蛋糕再問。

「我不能否認最初沒有這個成分在。」

「我是問現在。」

「不！」鏗鏘有力。

蛋糕聳肩，「這不就得了？真不知道你們這些地球人為什麼要想得這麼複雜，你愛我，我愛你，你想和我結婚，我也想和你結婚，我們的兩個家庭也祝福了我們，你還想怎樣？糾結那些毫無意義的事情很有意思？」

作為一個重視結果的人，蛋糕有時候比她的丈夫可爺們多了。

「地球人？」

「跟祁謙哥哥學的，他動畫看太多了，動不動就愛用一副『愚蠢的地球人啊』的中二眼神看著我和福爾斯。雖然福爾斯確實挺蠢的，但也不能這麼直白吧？多傷福爾斯的心啊。」

不過，那些都是以後的事情了。

現在，在祁謙回到LV市時，一打開家門，他就看到了還很少女心的蛋糕在跟祁避夏哭訴：「我要轉學！我不要回家！子華那個白痴害死我了！我再也不想見到他了！現在爸爸和父親都在想辦法打我電話質問我，怎麼能剛上大學就談戀愛！」

「上大學談戀愛確實不太對，謙寶上大學的時候，我就嚴令禁止他談戀愛。」祁避夏特別不會抓重點的安慰道。

費爾南多坐在一邊很無語，阿謙上大學的時候才幾歲？能和蛋糕同樣待遇？

「但是我沒有啊，我沒有和子華談戀愛！我也不知道報紙上怎麼回事！記者問他的時候他也沒有否認！」

於是，蛋糕就這樣在祁謙家住了下來……才怪。

祁謙和除夕進門沒多久，三木水和森淼夫夫就前後腳的殺到了。他們之所以能這麼快鎖定蛋糕的所在地，倒不是他們像祁避夏那麼「變態」，在自己孩子身上裝了全球衛星定位的追蹤系統，而是蛋糕躲到祁家的照片已經成為各大入口網站的頭版頭條，預計明天可以登陸全國的報紙刊物，最晚明天晚上全球人民就都會知道了——C國皇太孫的「女友」住到了小金球影帝祁謙的家裡。

簡單一句話，蛋糕她紅了。雖然所有人都不想蛋糕用這樣的姿勢紅。

三木水夫夫倆的表情看上去都不算太好，進門之後就一語未發，試圖用眼神讓女兒知難而退，乖乖跟他們回家。

在這種關鍵時刻，祁避夏的心理年齡永遠跟自己兒子一樣大，甚至有可能還不如兒子，他站出來護在了蛋糕前面：「話我先說在前頭，蛋糕和皇太孫沒什麼關係，最起碼不是我們家蛋糕主動惹事的，你、你們別想從我這帶走她。」

這就是蛋糕沒有投奔自己人在國外的小表姨常戚戚，而是選擇了回LV市找祁避夏避難的原因。祁避夏總會毫無原則的站在孩子這一頭，哪怕孩子真的做錯了事。

雖然祁避夏在外面的風評不好，但蛋糕和福爾斯卻很羨慕祁謙有這麼一個爸爸，想不上學就不上，想不工作就不做，想看動漫畫哪怕看到地老天荒祁避夏也不會管，就算是每天早上起來會強迫祁謙跑步、吃營養餐，但事後無論是物質還是精神上的補償也是非常豐足的，說話從來不敢和兒子大小聲又或者橫眉冷對……

「你確定你們不是在反諷？」祁謙曾這樣反問過。

蛋糕和福爾斯一起搖頭回答：「天地良心。」雖然祁避夏這種育兒方式很容易把兒子寵出事，但還是很想要這樣的爸爸啊有木有！

如今看到祁避夏攔在蛋糕面前，大家都沒有絲毫的意外。

三木水上前，大家都以為他會說什麼「他才不相信蛋糕和皇太孫沒事，要不為什麼不報導別人偏偏報導她」的話，結果沒想到三木水問的是：「妳和阿謙在交往？」

「What?!」全家異口同聲，全是一副被雷劈了的表情，「怎麼可能！」

祁避夏表示：我兒子才不會這麼早談戀愛呢，而且最主要的是不會不告訴我好嗎？！

費爾南多雖然覺得即便祁謙談戀愛了，也不太可能第一時間告訴祁避夏，但他還是贊同祁避夏關於「祁謙現在談戀愛有點早」的這個觀點，在他印象裡祁謙始終是那個牽著他的手走上球場的孩子。

而除夕……除夕目前的內心活動太黑暗，寫出來會被刪除掉，就不寫了。

至於祁謙……呃，他根本不在狀況裡。

故事的女主角蛋糕，也被這個驚奇的畫風震到了：「爸爸你太激動到看報紙的時候看錯名字了嗎？和我傳緋聞的是皇太孫，注意我的口型，家住帝都第一大街一號（皇宮的地址）

的皇太孫，不是祁謙哥哥。」

「那網路上那些謠言是怎麼回事？」森淼皺眉。

網路上？

一直沒顧得上網的祁家眾人，這才開電腦的開電腦、刷手機的刷手機，然後一起見識到了什麼叫人民群眾的想像力。

自蛋糕和皇太孫傳出緋聞至今，各社交網站的八卦已傳至瘋魔，建起高樓無數，故事跌宕起伏，血雨腥風。某個著名論壇上的最新進度是：「蛋糕是個小婊子，先是勾搭祁謙參加了皇室的成年社交舞會，後又透過祁謙認識了更高層次的皇太孫，最後果斷拋棄了男神祁謙，和另外一個男神皇太孫好上了。」

新一些的八卦還未徹底討論開來，消息是本來在外國拍戲的祁謙忽聞噩耗，傷心回國，有人拍到了他在機場神色黯然的照片，網路上目前正在呼籲技術達人求鑑定照片的真偽。

祁謙表示：「照的角度很有技巧。」

至於祁謙和蛋糕為什麼會被鑑定為情侶，這得追溯到蛋糕高二那個學期，祁謙深陷未婚生子緋聞的時候。後來由蛋糕站出來澄清八卦，還了祁謙清白，如今那件事卻反而成了蛋糕和祁謙有過一腿的鐵證。網路就是這麼神奇，有些事情講的多了，即便沒有證據也能成為證據——這是一個三人成虎的奇怪世界。

看著網路上有理有據的分析，祁家眾人產生了一種「我竟無言以對」的複雜情感。

明知道對方不過捕風捉影外加天馬行空的腦補，但為什麼能給人這麼嚴絲合縫、好像對方才是真理的感覺？甚至連福爾斯都躺槍成了蛋糕的備胎。

「我是GAY就沒人知道嗎？」福爾斯很難受，好歹他爸爸也是前球王、現名帥啊，為C國效過力，為ＬＶ拿過獎；他媽媽是前超模、著名主持人以及現在的國際奢侈品牌M&S的老總兼首席設計師，作為一個一直身處演藝圈，星得不能更星的星二代，他的性取向竟然都沒多少人知道……這個世界還能不能好了！

「你是從哪裡冒出來的？」眾人一起驚道。

「就剛剛啊，在你們刷論壇刷得很high的時候。我又不像蛋糕，我大學就在本地讀的好嗎？回來看看不就是幾分鐘的事？」

蛋糕在一邊看著論壇的帖子嘖嘖稱奇：「沒想到有生之年，我也能成為一代傾倒無數男神的女性公敵，甚至還點亮了彎掰直的超級瑪麗蘇技能，果然天生麗質難自棄嗎？長得漂亮真是一種與生俱來的原罪呢。祁謙哥哥，沒想到你苦戀我多年，對不起，我們是親戚，沒有辦法在一起。」

「……」即便蛋糕的容貌底子真心不錯，全家也有點受不了她這個自戀程度。

蛋糕、祁謙、皇太孫的微博下面已經被刷爆了。有對蛋糕大片聲討的，有對祁謙安慰關心的；而對皇太孫的要複雜的多，主要分成兩派：一、敢挖我家男神牆角，你不是個東西！二、皇太孫您被蛋糕那個心機婊欺騙和利用了，您要擦亮眼睛看看誰才是真正的好女孩啊！

被綠帽的祁謙壓力好大，他終於跟上了節奏，原來在外人看來，他和蛋糕也是能談戀愛的。不過……祁謙認真的問：「可我們不是一家人嗎？」

一直固定的給身邊人打標籤，以為一輩子都會是這樣的祁謙，覺得自己的三觀有點小衝擊。對他來說，家人就是家人，朋友就是朋友，戀人就是戀人，怎麼能混淆呢？

「朋友也能轉變為戀人啊，好比我和你爸爸。」費爾南多道。

這時，所有人這才看出來不對勁，祁謙對愛情的理解很有問題啊！

「果然天才的情商都不高。」三木水對森淼小聲道。

「請不要地圖炮，我覺得我情商就挺高的，最起碼比你高。」森淼作為十幾歲開始和朋友合夥研究人工智慧、二十幾歲真的給出研究成果的傳奇人物，一直是外界公認的天才。

三木水對此深表懷疑。

「那我們現在怎麼辦？」福爾斯對這群酷愛轉移話題順便秀恩愛的人類絕望了。

「我已經找人運作了。唯一的問題是，你們不介意暴露親戚關係吧？」除夕說的找人，自然找的是光腦 2B250，有技術、又忠心，立刻就能分出N個不同的人格，可以主導網路罵戰，還能查出幕後真凶，實在是居家旅行、網路掐架必不可少的好夥伴。

所有人齊刷刷的搖頭，只要能澄清這無端之禍就好，都這個時候了，誰還會在意親戚關係暴不暴露；其實以前也沒有刻意隱瞞，只是因為中間事涉及齊家，不會主動承認就是了。

然後，大家就一起看著如今最熱的帖子裡，出現了一個言辭閃躲又過分活潑的世家子。

除夕尷尬一笑：「咳，我找的朋友技術是很好，就是性格有點……」

果然，沒出兩頁，整個故事就再一次逆轉了。

根據這個本身就出身世家的人爆料，蛋糕根本不可能和祁謙在一起，因為他們是親戚，這也是他們關係好的原因。

樓下立刻有人跳腳表示：「蛋糕根本就不是世家好嗎！我也是世家的人，可從來沒聽過徐森長樂和祁謙有親戚關係。」

然後除夕的「朋友」立刻自帶親友團特別冷豔高貴的嗆了過去，嘲諷表示：「到底誰才是假貨？連這種事情都不知道，還好意思說自己是世家出身，這可不是什麼好冒充的事情，在現實中被抓住，可是要請去警局裡喝茶的。要不就是小世家冒充自己見過多大世面，很多秘辛根本就不知道，還自以為自己知道的很多。知道常戚戚嗎？知道齊雲靜嗎？」

然後，下面立刻有好事者查了這兩個被提名之人的資訊，然後真相大白。

如今這種資訊化的時代，世家再神秘，多少也會留下一些痕跡。好比常戚戚和齊雲靜的高調婚禮。

齊雲靜是名門齊家正統的大小姐，這是毋庸置疑的，而常戚戚的資料則基本上都出現在各個三木水的電影團隊中，以總製片人的身分頻繁亮相。後來才被人扒出來，三木水曾在文中的序裡提過，我的表姐常戚戚如何如何。

而齊家和白家的姻親關係八一八的話，也算是轟動過C國，年差十幾歲的齊家三爺和白家大小姐，很多人都說這是世家陋習，賣女求榮、戀父情節、我愛你的家世、你愛我的青春什麼的，反正什麼難聽話都有，覺得這兩人早晚離婚，紅顏未老恩先斷。結果呢？人家夫妻恩愛至今，從未有過任何出軌緋聞，如今兩人的女兒都結婚了，女方的外甥女徐森長樂更是從上大學開始就在和皇太孫談戀愛，白安娜的資產可比她當官的老公多的多。

再一聯想祁避夏一直以來和白齊娛樂高層有親戚關係的緋聞，不少人都紛紛表示：「這關係太複雜，我已繞暈，出不來了。」

那個同樣自稱是出自世家，從頭到尾始終在黑蛋糕的人倒是沒繞暈，卻依舊不依不撓，說他們這個頂多有關係，卻沒有血緣關係，不能作為他們不能在一起的證據。

結果這次不用2B250出手，下面有不少人就已經把這個人嗆了個半死。

「沒看過婚姻法嗎？這都敢自稱世家？」

由於不斷有世家子和平民聯姻，很多世家都受到了不小的衝擊，在他們的強烈呼籲下，婚姻法中明確規定了，世家子和平民結婚之後，有了這種姻親關係的兩方家人不可再結婚。雖然很霸王條款，也一直被外界傳為不尊重人權的典範，但這條奇葩的法律確實存在。換句話說就是祁謙和蛋糕根本就沒辦法結婚，法律上不會承認的。

論壇事，論壇畢，到了這一步，基本上已經不需要祁家和蛋糕再證明什麼了。

祁謙只拍了一張他們全家聚在一起的照片，然後附上劇組的殺青照，發個微博就行了。

【終於從Y國拍攝完《The Family》的戲分回國了，家人幫我接風，徐叔叔和費爾一起下廚，好讚。@陛下祁避夏@就是以前踢球現在當教練的那個費爾南多@徐森長樂（蛋糕）@三木水@時代遊戲—森淼。】

「為什麼@裡沒有我！」福爾斯表示沒被標注不開心。

祁謙一句「你是家人嗎？」成功堵住了福爾斯的嘴。除夕也沒有被標注，因為他根本就沒微博帳號，一個比裴安之還科技落後的神奇人類。

「這個奇葩的婚姻法是怎麼回事？」

等蛋糕的事情告一段落之後，福爾斯就開始有那個閒心注意一些有的沒的了，好比剛剛論壇掐架上那個神奇的婚姻法。要不是福爾斯清楚的知道除夕的「朋友」沒有那個能力憑空捏造一條已經頒布了近百年的法律，他都要覺得這個法律是為解決祁謙和蛋糕的緋聞而量身訂做的了。

祁謙也跟著表達了自己的疑惑，又或者準確的說，福爾斯之所以會問這個問題就是因為祁謙有那麼一點好奇，卻又怕這其實是常識，問了太丟人，這才用眼神示意福爾斯來問。

——為什麼受傷的總是我？！BY：福爾斯。

「是一種讓步。」皇太孫首先開口，解答了福爾斯和祁謙的疑惑，「在很多年以前，世家當道，勢力比現在猖獗，他們提出了一個更加過分的婚姻法，這個是雙方讓步妥協之後的版本。」

皇太孫是在祁謙發了微博文章之後，才匆匆趕到了祁謙家。

雖然祁謙和蛋糕之間的事情解決了，但皇太孫和蛋糕的緋聞還在呢，皇太孫來這裡的目的就是想當面向蛋糕以及她的家人解釋清楚這件事情……當然，最好在達到諒解之後，蛋糕能繼續配合他把這個緋聞炒下去。

隨皇太孫一起秘密而來的，還有目前正在和福爾斯交往的司徒教官司徒卿——不得不說這位真的是兵貴神速，在所有人都不知道的情況下，就輕鬆拿下了福爾斯。

祁謙和蛋糕齊齊鄙視福爾斯，太沒有立場了！然後他們就一起恭喜了他，並祝福他這段

就會變成叛徒、猶大。

但除夕卻覺得皇太孫其實是在尋求一種世家自救的方式，另闢蹊徑，在犧牲少數人的情況下，保住大部分人的地位和身分。

這是個偉大的人，也是個不太適合他們與之深入接觸的狠角色。

「我和除夕的朋友查到了這次事件背後故意抹黑妳的人，是信陽郡主和她的女性友人，據說這名女性友人一心想嫁給皇太孫，好在未來當王后。我朋友，妳也知道的，就是那個駭客——」無數次被杜撰，至今已經成為全家都知道的祁謙在天才班當了駭客的同學，「他黑了對方的電腦，挖了不少猛料，連那女人和信陽郡主以及另外一個三流小明星玩３Ｐ的錄影都有，要報仇嗎？」

祁謙很少會說很長的話，而一般這種時候，就證明了他的重視和關心。

蛋糕想了想，搖搖頭道：「我很想報復，但是這樣的報復就算了，只在帖子裡扒出來她的身分和她想嫁給子華這點就好。」

「為什麼？」祁謙顯得詫異極了，蛋糕一直都不是這麼客氣的人啊。

「還記得以前白秋叔叔說的嗎？別人潑了你一身涼水，你燒開了再還回去，會不會太過分了？冤冤相報何時了。這個世界講究公平，她給了我一拳，我還一拳，這是公平，但我把她打死就不是公平了。她是個女孩子，再怎麼樣，用豔照報復我都覺得有點過分了。抱歉，祁謙哥哥，我知道你是為了我好，我也恨不得那個抹黑我的人身敗名裂，可是我真的不想這麼做。我不想因為一個她，而讓你我的人格蒙上陰影，她不值得。」

性格不同，做事的方式也就不同。

好比祁避夏，他一貫的主張就是直接弄死那些但凡敢對他又或者他兒子有一點點冒犯的人，除夕更是個習慣於斬草除根，免得春風吹又生的睚眥性格。祁謙覺得他自己也更傾向於祁避夏和除夕的觀點，但……蛋糕這樣好像也沒什麼不好的。

祁謙甚至開始覺得，有些時候，有些人，真的會因為一些莫名堅持的原則而變得閃閃發亮。不用懷疑，他說的就是蛋糕，一個他很喜歡的傻丫頭。

於是，在網路上爆了對方的身分之後，2B250 也就收手了。

「這樣真的夠了？」祁謙還是不太放心的在最後又向蛋糕確認了一回。

蛋糕笑而不語。她用自己的實際行動回答了祁謙——夠？怎麼可能！她不贊同豔照策略是因為她會讓對方從別的方面付出代價！

祁謙不知道蛋糕和那日來的皇太孫到底私下裡談了什麼，反正談完之後，他們就正式開始交往了，連三木水和森淼都沒辦法阻止。

「她越想要什麼，我越不給她什麼，這才算真正的解氣，不是嗎？而且子華也是個好的戀愛對象，就當一次戀愛經歷了。」

最起碼在那個時候，戀愛目的都不算特別單純的蛋糕和皇太孫，都以為那不過是一次刷戀愛經歷的過程。

除夕和祁謙不太贊同蛋糕和皇太孫交往，卻也沒有阻止，一是因為蛋糕是他們的朋友，就像是他們不會阻止福爾斯和司徒卿在一起一樣，他們也不會阻止蛋糕的選擇；二則是因為祁謙也沒空管這個了，這次三木水上門，他順便和祁謙又敲定了新電影的合約。

三木水和蛋糕這對父女的性格都這樣——你越不讓我幹什麼，我偏要幹，還要做得風生水起，讓人嫉妒。

《世界》三部曲的續寫，因為雙子座A座的爆炸，讓人們對處於弱勢的三木水多了一些同情，他們也就更加理智的面對續寫這件事情，然後他們靜下心來看《世界》的第三部，並發現了在故事結尾之後多出來的那一頁裡，三木水寫的一些他想說的話。

好比關於他和晴九的約定，也關於這第三部前半段其實是出自晴九的手筆。在不知道這件事情的時候，前後讀起來也是毫無違和感的，不是嗎？

至於晴九到底寫到了哪裡才停止，三木水並沒有公布答案，倒是在網路上掀起了不少的討論，大家為這個問題各執己見，爭論不休。每個人覺得晴九停下來的地方都不一樣，甚至有人覺得這不過是三木水的開脫之言、又一次狡辯，其實晴九根本沒有寫過第三部。

緊接著，在《世界》選送了今年的承澤親王文學獎之後，對三木水的詬病就再一次隨之而起，大部分人都表示三木水一個寫小說的，怎麼能參選真正的文學類獎項，還是沾了晴九的光。此前怎麼都不肯相信晴九寫了第三部前面內容的人，此時倒是相信了。

性格倔強的三木水，和這些人算是徹底較上了勁：你不是覺得網路小說算不得正經的文學嘛？呵呵，我不僅要送審獲獎，我還要同時拍電影，更加的商業化，名利雙收，氣死你！

三木水這種性格大多數時候都是要吃苦頭的，但是只要他一直成功，就沒人敢真的說他什麼。

「你真的送審了？」祁謙都不知道該說三木水什麼好了。

「承澤親王獎裡有一個合寫的規則，榮譽會屬於兩個人。不過旁人都喜歡用他們充滿了惡意的三觀來揣測我，覺得我一定會如何如何，那我又為什麼要現在就公布答案呢？我偏不說，等到獲獎的時候再打他們的臉！」

至於什麼「你真的確定你能拿獎」的問題，根本連問都不用問，三木水加上大神晴九這個噱頭，就足夠他們成功了。

當三木水的《世界》要開拍的消息傳來之後，所有人都覺得祁謙這是再一次對小金人發起了挑戰。

可惜……祁謙這次根本沒演主角，他演的是反派。

「我透過一些關係提前看了你在《The Family》裡的表演，那真的很適合《世界》裡的反派，就是那個你小時候接的第一個配音工作，還記得嗎？能精神分裂成五種形態的天界之主。要來試試嗎？」

現在大部分的奇幻故事裡，反派角色已很少再由什麼魔王啊、亡靈之神之類的擔任了，大多不是教皇，就是教皇頭頂上的那個至高神 BOSS 傾情演出。

出場時越受萬人敬仰，結尾時就會摔得越慘，被人揭穿偽善的面目。

在祁謙所在的世界，最起碼是C國，這種正派最後變反派的格局，就是從《世界》之後開始奠定的，這變成了一種流行，一種必然，一種你家反派最終如果不是光明這一方的都不好意思出門跟人打招呼的感覺。

而《世界》中的天界之主，作為眾多奇幻故事中最早由正面角色走向反派結局的鼻祖，粉絲們對這個角色一直都抱著很高的期待和憧憬——他必須足夠強勢，超越別的作品中全部的反派；他要足夠優雅，依舊要超越別的作品；他得足夠足智多謀以及足夠變態，還是要超越別的作品；並在觀眾都知道他是反派的前期，還能演出這種身為天界之主的聖潔感。

這其中的壓力可想而知。

甚至比祁謙演大祭司孔蒂還要難上很多。

畢竟孔蒂只是個在人間選出來的大祭司，他是神的使者，卻不是神，說到底還是人，有人的七情六欲。但天界之主是真正的神，翻手為雲、覆手為雨，歷經千萬年的寂寞，天地不仁，以萬物為芻狗。

而這還只是演技上的難題，更加困難的阻力來自外界。

孔蒂是個歷史人物，有據可依，他的狂熱粉也就阿薩德那不足千人的城市。天界之主呢？從第一部的第一章在網路上開始連載問世，至今已經有幾十年的光景，被翻譯成幾十種的語言，三部的總銷售量過十億，粉絲遍布全球，是個想像中的人物，沒有具體的依據，一千個粉絲就有一千個哈姆雷特，祁謙根本不可能滿足所有人心中的那一款天界之主。

再加上這些年的流行趨勢就是反派控，可以說《世界》的成功與否看的就是天界之主這個反派，而不是男女主角。連除夕都表示，上一世他並沒有聽說《世界》開拍，也就是說因為沒有合適的反派演員，連上一世的三木水都放棄了拍攝。

哪怕是對兒子自信如斯的祁避夏都不禁有點打鼓，比他自己獨自擔任一部電視劇主角還讓他忐忑。

祁避夏特別想跟他兒子說：我們想拍什麼電影不行啊，就非要在這一部電影上吊死嗎？不是說《世界》不好，而是演出天界之主的風險太大，收支不成比例。演得好是你的本分，演不好就會被人罵死。甚至哪怕你演得很好，粉絲也未必會這麼覺得，畢竟遊戲和動漫畫的真人版總會招致罵名這已經是個公認的事實。

可惜在心裡想了一圈又一圈，祁避夏最終也沒有開口說出這些話，想拍電影的是他的家人——對他有恩的三木水。他不能這麼說，他說了就太不是個東西了。

最主要的是，雖然祁謙一句話都沒說，可他的眼神卻告訴了祁避夏，他想演這個角色。所以哪怕明知前途艱險，祁避夏能做的也只是努力在後面為兒子遮風擋雨，而不是站出來對他說「你不行，你不能」。

「加油，爸爸相信你一定行的。」祁避夏最後是這樣笑著鼓勵祁謙的。

祁謙自信的點了點頭，「當然。」

◎◆◎◆◎◆◎

很快《世界》就秘密開拍了。三木水想拍，那自然是演員、資金以及道具場景要多快就能有多快的到位，這就是一個人對演藝圈可以達到的影響力。

和祁避夏不同，有大把的人盲目相信三木水一定會成功。事實上，如果不是這件事情涉及到自己兒子的未來，祁避夏也會很盲目的相信三木水能成功，無論前途有多艱險，這些年無數的電影早已神化了三木水，讓他成為演藝圈裡一個無所不能的標杆。遠的不說，最近的續寫風波他不也挺了過來嘛！

不過，哪怕是這個被視為無所不能的人，也在電影一開始選擇了秘密開拍，可想而知晴九的腦殘粉有多可怕。為避免拍戲被騷擾，無法正常進行，強勢如三木水也只能妥協。

於是，祁謙這次的定妝照也就自家人看了看，讚嘆了一番，並沒有公開。

在網路上，反倒是祁避夏這個爸爸成為了焦點，現在正在每兩週一集熱播的《天下》第二季，祁謙飾演的關內侯祁跡剛「死」不久，讓觀眾再一次回憶起了祁跡父親祁生的悲劇，也就是祁避夏所飾演的角色，很好的帶動了觀眾對第三季的期待。

當然，也有粉絲在官網和微博上發出疑問，在自己父親復出的這個關鍵時刻，怎麼不見祁謙的身影？

不過由於祁謙一貫良好的銀幕形象，大家都會比較傾向於為祁謙往好的方面解釋，替他找理由，就好比在蛋糕事件裡，祁謙就是個受害者的角色。經過多年的潛移默化，大部分人都很難再於第一時間惡意的揣測祁謙，他們總會下意識的覺得祁謙也許有什麼合理的解釋。

這省下了阿羅不少事。

天界之主可以分成五個形態，本我、老人、女人、孩子以及獨角獸，大多數時候這五個形態都會在本我的身體裡玩自言自語，簡單來說就是精神分裂，只有少數情況下他們才會化作不同的形態下界。

天界之主的力量過於強大，被法則所壓制，本我是無法離開天界的。

三木水因為實在是找不到飾演別的形態的演員，最終就決定只留下祁謙飾演青年版的本我，剩下的全部啟用後期影像合成。由森淼公司的人工智慧根據遊戲裡的天帝形態，再結合祁謙的外貌，重新構建出四個感覺與祁謙的外形相似、卻又帶有不同個人特色的形態，聲音用的就是遊戲裡當年請人來配音的模擬音。

「原來，如果我變成女人的話，會是這個樣子。」祁謙看著3D影像對身邊的除夕感慨道，「挺漂亮的，嗯？」

除夕看著祁謙認真道：「你是獨一無二的，沒有人能超越你，哪怕是你自己的女版。」

祁謙哈哈笑了起來，他在除夕面前總是會有很多表情。

三木水坐在一邊若有所思的看著這一對，對身邊的副導演說：「是我的錯覺，還是他們那邊確實有什麼不一樣的感覺？」

「我一直以為裘總和殿下是一對，難道不是嗎？」副導演表示很驚悚。

「難道是嗎？」三木水覺得自己才是那個被驚嚇到的。他以前總會不自覺的把祁謙和他身邊的小夥伴當小孩子看，在他的潛意識裡，連祁避夏都還是個孩子。如今，他這才猛然驚覺祁避夏的兒子祁謙都已經到了可以談戀愛的年紀，祁謙身邊的小夥伴正用一種強烈到讓人想忽視都難的占有欲在看著祁謙。

就是不知道是兩方都有意，還是單戀了，三木水想了想，最終還是決定不去捅破這層窗戶紙，免得好心辦壞事。

除夕知道三木水的所思所想後，差點鬱卒死，他表示：要不是希望三木水去問祁謙，我至於表現得這麼明顯嘛？！結果倒好，白做工。

除夕很怕因為他的喜好給祁謙造成困擾，可是他又不甘心，萬一祁謙也喜歡他呢？若祁謙在等著他主動，他卻不主動，錯過了豈不是會後悔死？

舉棋不定間，除夕就想到了這麼一招，讓旁人去試探祁謙對他的態度。

如果祁謙喜歡他，那他就去告白；如果祁謙不喜歡他，那他就這輩子都不會再提起這件事情。

可惜目前這個計畫收效甚微，因為他身邊的人根本不！按！照！套！路！來！

在除夕莫名的進入了少年裴熠之煩惱的階段，祁謙則正式開始了他的精神分裂生活，無論是演五個形態都在他身體裡，還是五個形態分開來，祁謙總需要演一個自說自話的角色。

五種形態在一個身體裡這個就不用說了，祁謙在這次演技過程中練就了可以瞬間切換五種不同的表情在自己臉上的神技，不用旁白解說都會給人一種這人是個精神分裂的感覺；而當五種形態分開之後，就更加考驗祁謙的演技了，因為另外四種形態並不存在，他需要在綠幕的背景下對著機器提示說話，還要表現出那裡有人在跟他說著什麼，在不知情的人看來簡直是神經病無疑。

而偏偏原著中天界之主被困於天界，身邊沒有任何人，只有他自己，這個角色大部分的戲都是自己跟自己玩，和主角的正面對抗只有最後大決戰的部分。

在電影前期，天界之主和主角其實也有交流，但用的都是別的形態，這就導致祁謙在演了這麼久之後，基本上沒見過劇組其他演員。等祁謙這邊其他形態的戲分拍得差不多了，這才和大部隊在風景如畫的外景地Z國會合了。他們將會借用這邊的一部分遺跡和後期合成，拍攝最終的決戰。

其他演員的戲分其實還沒有進行到這裡，只是開了一個頭，但所有人默認的，《世界》裡最重要的是祁謙這個反派角色，趁著他有感覺，一舉把反派的戲分拍完，這是三木水從一開始就計畫好的。

甚至為了讓祁謙更好的演出，整個天界之主的演出順序三木水都盡可能的沒有打亂，為的就是祁謙能沒有穿越感，一步步推進、深入，將他和晴九心目中的天界之主演活。

這次三木水依舊按照他的傳統，主角請的是新人，配角反而請的是和他有過多次合作的大牌。於是對於配合祁謙的拍戲進度而調整自己的拍攝時間，根本沒人敢說什麼，甚至整個主角的冒險團隊的幾個新人演員都在一個勁的巴結祁謙。

奈何媚眼拋給了瞎子看，祁謙根本感受不到對方那顆恨不得與他融為一體的心，簡單來說就是他沒那個自覺。以前也有人巴結祁謙，但祁謙根本不理解這種巴結有何意義，他只會親近真心想要和他結交的人。虛情假意、曲意逢迎的巴結，祁謙有時候甚至都理解不了對方的意思，只會用最傳統的「哦」快速結束話題。

X月O日　第二十九篇日記

有其父不見得有其子

天界之主端坐於九天的王座之上，神情悲憫，眼神冷漠……

這不過是世人的想像。

當克里斯終於通過上古秘境，登上天梯，到達天界的制高點時，他終於明白了世人的猜測有多離譜。金髮碧眼、八塊腹肌的傳統雕塑式美男子，變成黑髮黑眸、白皙而又纖細的青年，莊重肅穆的華服變成了時下很是流行的……家居服；王座被棄置一旁，青年蹲在花圃前專心致志的看著什麼，直至克里斯出現，這才轉頭，對他笑得彷彿日月都隨之失去了光彩。

這黑髮青年正是祁謙在扮演《世界》中的反派大 BOSS，而青年克里斯就是《世界》中的主角，勇者、英雄、救世主。

按照劇情，此時的克里斯是不應該認識天界之主的，所以他開口問道：「我叫克、克里斯，來自人界，請問您是？」

那個在下界時英勇無敵能手撕巨龍的救世主，在這一瞬間好像變成了一個情竇初開的毛頭小子，冒冒失失、手足無措的進行了自我介紹，他也不知道自己為什麼會這樣，自見到青年的那一刻起，他就不由自主變得謙卑起來，發自內心的想要跪拜、臣服。

原著中其實是沒有這段劇情的，因為原著中的天界之主無須多餘的反襯，只需要寥寥幾筆的描寫，就足夠讀者明白天界之主的霸氣。

但電影只有畫面，無法描述，很多文中只可意會不可言傳的東西，都必須想辦法轉化。

本來這裡三木水安排的是在後期插入一段英雄克里斯的內心活動，從側面烘托出天界之主那種與生俱來又渾然天成的上位者感覺。

但隨著電影的實際拍攝，三木水卻覺得插入主角的內心活動反而會畫蛇添足。

不少粉絲在電影播出後，在電影院裡都會不自覺的倒吸一口涼氣，明明祁謙沒有表現得多麼倨傲又或者不可一世，但看著電影裡閒庭信步的他，大家還是會不自覺的覺得他就是天界的王者，他主宰三界，他富有四海，他讓人心甘情願的想要跪下唱征服。

網路帖子「我殿威武霸氣」的刷屏更是一次又一次，連最知名的影評人都搞怪的發表了兩篇影評，一篇正經八百，一篇通篇都是對祁謙飾演的天界之主犯花痴。

這世界上就是有這麼一種人，一舉一動都牽動著你的每一根心弦。

「我沒有名字，別人都叫我天界之主，來自——顯而易見的——天界。」

黑髮青年是這樣回答英雄克里斯的，明明只是很禮貌的平常之語，卻讓人有了一種被上位者紆尊降貴的親切對待之後的感激涕零。

三木水在小螢幕後面看著祁謙，掩飾性的推了一下自己的眼鏡，不讓人看到他的激動。

——小叔，他真的活了，你曾經對我描述過的那個天上地下唯我獨尊的天界之主。

「您真的是、是天界之主？我、我曾經是您最忠實的信徒……」飾演克里斯的演員本來在這裡是有一大段話要說的，但莫名的他卻覺得自己彷彿失去了聲音、被壓制住了，很難再把自己的臺詞說下去，甚至他會突然升起一種這才是克里斯該有的反應，劇本裡的臺詞太多餘了的感覺。

三木水剛巧也是這麼覺得的。本來他加那些臺詞，就是怕新人演員無法很好的把英雄初見天界之主時那種複雜的感覺詮釋出來，才硬生生的加了一段臺詞，現在看來由祁謙帶著，他根本無須如此。

每一個看了這段的人，彷彿都能自動腦補出克里斯的心理活動，他本來是滿懷著被自己曾經的信仰欺騙了的悲憤，想要上來質問天界之主的，問他為什麼要拋棄人類？為什麼要在拋棄了人類千萬年之後，試圖毀滅這個人類賴以生存的家園？為什麼既然不愛人類，還要在幾千萬年前造出人類？那種被親生父母拋棄、傷害，如今見到正主終於可以詢問原因，又本能的想要相信對方也許是愛自己的而不敢多問的近鄉情怯，都表現得淋漓盡致。

在面對這樣的天界之主時，甚至會覺得沒有遞過任何拜帖就突兀出現的自己很失禮，克里斯想要在自己的信仰面前表現得不那麼粗魯，他……其實始終不敢相信幕後黑手是他曾經的信仰。

「不要緊張，慢慢說，我就在這裡，不會離開。」黑髮青年的聲音很溫柔，如夏日拂過臉頰的微風，讓人有一種毛孔都不自覺舒張開了的心曠神怡。

「也許這裡頭是有什麼誤會，吾主，有人冒充您的名義，抓走了我的夥伴，並要危害這個世界！」

本來三木水還擔心英雄突然這麼說會顯得太過突兀，沒有任何心理轉折，會讓觀眾看得雨裡霧裡，但經過剛剛那緩慢到彷彿時間都被凝滯的一幕之後，克里斯會有這麼一問就顯得很正常了，是個人彷彿都會這麼脫口而出，因為愛，所以想要替對方尋找藉口，尋找對方其實不是真凶的理由。

克里斯會想，也許那個曾經無數次要剷除他，此時抓走了他夥伴的壞人並不是眼前溫和的青年，也許天界之主是被囚禁在這裡，他有著難言的苦衷，等待著他來拯救……

「你是說他們嗎？」

青年從花圃前緩緩起身，一揮手，藍天白雲的天幕上就出現了四個不同的場景，分別囚禁著英雄克里斯的另外四個夥伴，由天界之主的另外四種不同的意識形態在折磨著他們，而天界之主的本我就是這麼看著，笑容人畜無害，連表情都溫和到位。他說：「嗯，他們確實是我抓走的，我正準備殺死他們，你來的剛剛好，要一起參觀嗎？」

徹骨的寒冷由心頭而起，彷彿已經刻入了骨髓、烙進了靈魂，哪怕是據說無所畏懼的克里斯也顫抖了一下。那一刻他終於明白了，人類於天界之主來說，從來都不是孩子，也不是自己人，不過是螻蟻，想施恩便施恩、想玩弄便玩弄，雷霆雨露皆是君恩。

神情如最親密的情人，手上的動作卻毫不留情──對，沒錯，祁謙參考的就是裴安之那個變態。

「卡──」

隨著導演的一聲、場記板打響之後，拍攝了一天的決戰前夕終於告一段落，大家可以收工各回各家了。祁謙收起自己臉上與他人設完全不符的笑容，小助理貼心的上前遞上飲料和漢堡給祁謙，這只是祁謙晚餐前的開胃菜。

飾演克里斯的演員喬伊，卻久久無法從那種震撼裡走出來，這段他們拍了一次又一次，不是祁謙表現得不好，卻是他總是因為陷入情境而忘記表演。

來來回回一天，喬伊終於在最適合的時間──殘陽如血──演出了全程，但在攝影機停下之後，他還是始終無法克制自己，顫抖依舊。明明是酷熱難當，他卻覺得如墜冰窟。他在心裡問自己，這個世界上真的有人可以這麼可怕嗎？

「嗯，有的，我見過，可惜他最後還是去世了。」祁謙回答道。

喬伊這才驚覺他把自己心裡的疑問說了出來，而祁謙冰冷的這一聲回答如鐘聲，敲回了喬伊的神智，他這才明白，他不是克里斯，祁謙也不是沒有姓名的天界之主。他忍不住多問了一句：「克里斯那麼害怕，又怎麼能打敗天界之主呢？」

「因為他是英雄啊。」祁謙不假思索的回答。《世界》的原著他早在很多年前就看過，曾經還揣摩過如果他是主角他將會如何演，可惜世事難料，長大了的他演的卻是個大變態。

「英雄也是人，難道就不會害怕的？」喬伊問。

「害怕啊，但英雄之所以是英雄，就是他已經超脫了人類的局限，正是因為害怕，才要勇敢向前，否則與普通人又有何區別？」對於自己的搭檔，祁謙是不會吝嗇分享自己的心得體會的，他很希望對方能演好，最起碼不要再出現今天這樣的局面了，同樣的場景拍了一遍又一遍，哪怕是脾氣再好的人也受不了。

「謝謝。」喬伊如醍醐灌頂，彷彿明白了些什麼，卻又說不上來。只是發自內心的開始佩服祁謙，覺得祁謙真不愧是被外界譽為百年來難得的演員，他開始相信這裡面的讚譽與對方的家世無關了。他也開始明白祁謙為什麼放著那麼好的家世不用，非要來當演員，因為祁謙是真的熱愛著這個行業。

也許這麼說有點官方，但這就是真的，喬伊能感覺得到祁謙對於表演的那種異乎尋常的熱愛。這是祁謙的事業，也是祁謙的樂趣，祁謙一輩子都不會覺得膩。

等祁謙卸完妝，換了衣服準備離開時，喬伊再次敲響了祁謙房車的大門，「前輩，祁謙前輩，能請您晚上來參加我們的派對嗎？」

劇組裡基本上都是還沒有太大名氣、初涉光鮮亮麗的演藝圈的年輕演員，遠赴位於南半球的Z國取景拍攝，在沒有媒體騷擾的情況下，他們難免會放縱一二，連三木水都不會太管他們晚上收工後幹什麼，只要保證第二天能精神飽滿的拍戲就好。所以這樣的聚會總是有很多，祁謙卻從未出席過。

「沒興趣。」祁謙這次的回答和以往別無二致。

被拒絕了的喬伊這一次卻沒有離開，反而再接再厲道：「這次派對我們特意請了Z國當地的星級大廚，據說他做龍蝦和烤羊羔是一絕。這裡的海鮮被稱之為卡摩瓦那，是一種高級地位的象徵，還有最具代表性的點心帕洛瓦……」

「Go on.」祁謙表示現在有點興趣了，他從不掩飾對於食物的渴望，而在他已經不怎麼缺能量的今天，他以往對高熱量食物的單一追求開始提升到對味道和外形方面的需求了。

「劇組裡的主要演員們差不多都會去，自助餐形式，還能自己在院子裡BBQ，派對之後還有餘興節目……」

「把時間和地點告訴我的助理，我會準時到。」特別斬釘截鐵。

祁謙對餘興節目沒興趣，他只對這種一般很少會有人注意到他吃了多少的派對感興趣。口腹之欲，總是很難填平。

◎◆◎◆◎◆◎

事後，當祁謙對他的朋友們複述喬伊在Z國的那場派對時，無論他們是否知道當年的新聞，都會有一種詭異的默契，篤定的認為那場派對肯定出了什麼意外。

事實上，那派對確實出了意外。

一個Z國當地的嫩模因吸毒過量，猝死在劇組一個年輕女演員蜜雪兒的家中。其實準確的說，那並不是蜜雪兒的家，而是她朋（金）友（主）的房子，供蜜雪兒在Z國拍戲的這段時間居住。

喬伊等人在Z國的派對，大部分都是在那裡舉行的。喬伊所謂的「餘興節目」，其實就是聚眾吸毒，吸的是費爾南多曾懷疑祁謙碰了的那種精神毒品，滿高檔的一種毒品，這也是劇組裡那些人哪怕夜夜歡歌第二天依舊能精神百倍的原因。

三木水不知情，還欣喜於這些年輕演員即便開派對也會把握一個度，卻怎麼都沒想到他們是這麼「把握」的。

喬伊之所以邀請祁謙來參與，是因為他默認祁謙也吸毒。無論外界對祁謙的潔身自好傳得有多神乎其神，喬伊卻堅持有其父必有其子，祁謙的本質和五毒俱全的祁避夏沒兩樣。

可惜派對剛剛開始餘興節目——叫來一群嫩模——但還沒有碰毒品的時候，單純就是為了來吃東西的祁謙已經酒足飯飽的開溜了。

離開蜜雪兒的別墅後，祁謙倒也沒回飯店，因為他遇到了顧格格。他年少時天才班的同桌兼好友，她曾是祁避夏的超級粉絲，後被教育大師顧師言收養為乾孫女，如今在C國LV市教委工作。剛巧，顧格格被外派到Z國參加一個教育界的學術研討會，而顧家的別墅就在蜜雪兒的別墅附近。

說巧也不巧，這片別墅是整個Z國最高檔的社區，一如LV市的三十三天，名流雲集。有權有勢的人都熱愛購買這一帶的房子，彰顯身分是一方面，樹藏於林是另外一方面，當名人特別多的時候，狗仔反而不知道該拍誰了。

祁避夏在這裡沒房子，因為他和裴越一起挨著買的私人小島就在Z國附近。

「阿謙？你怎麼在這？」

剛剛離開研討會現場準備回家休息的顧格格，就這樣遇到了正準備驅車回飯店的祁謙。

「我在這附近拍戲，妳的研討會怎麼樣？」

祁謙一直都和顧格格保持著聯絡，雖然不太頻繁，卻足夠他們知道彼此的近況。祁謙本來還打算等研討會結束後，再聯絡顧格格出去吃頓飯，沒想到反而先巧遇了。

「開會嘛，全世界都一個樣。」顧格格聳肩，在祁謙根本不信的眼神下，這才弱弱的換了說辭：「好吧，我其實是為了躲我丈夫才來這邊的。」

然後，由「丈夫」這個詞牽頭，顧格格對祁謙哭了一整個晚上。

祁謙雖然不會說什麼安慰人的話，但他能貼心的陪他朋友對坐一晚，當一個很好的聆聽者，並適時的遞上紙巾，說上一句：「嗯，他真不是個東西。」

顧格格雖然是祁謙過去的同學，但她要比祁謙大好幾歲，早早的就擁有了一段被外界奉為完美婚姻的婚姻關係，然後，這段童話故事般的婚姻其實早已經破裂了。

「抱歉，我一直沒有告訴你。不是把你當外人，我只是不想讓你看到我這樣的一面。」

如果說蛋糕是公主，那顧格格就是女王，強勢倔強，情商奇高，從小就只有她替別人解決煩惱的分，沒有她自己需要別人幫忙的時候。她一直以為她徹底的掌控好自己的人生，不讓她的生活出現一絲一毫的不完美。但女人總是很容易栽在感情上面，這與智商、情商、地位甚至是經歷都沒關係，就只是好像到了某一個階段，總要經歷這麼一個坎坷，邁過去了就邁過去了，邁不過去……

「我也會幫妳邁過去的！他是不是欺負妳了？我幫妳教訓他！」

在祁避夏、裴安之這些人身邊長大，祁謙不可能完全不學他們，護短、霸道是種在骨子裡的。

「誰敢欺負我的人，我就敢弄死誰。」

這就是祁謙跟他的長輩們學會的。

顧格格破涕而笑，這一個晚上她哭哭笑笑的就像是個徹頭徹尾的瘋子，但是當早晨第一縷陽光重新照耀進屋子裡的時候，她擦乾了眼淚，讓自己維持在一個得體的微笑上。她挺直脊梁，昂起頭道：「不用，我自己會處理好的。」

顧格格不是做事愛拖泥帶水的人，這一晚上的矯情就足夠了。她已經過了做什麼都恨不得全世界都知道的年紀，她會處理好自己的生活，不是逞強，她是真的不需要別人的幫助。

只是偶爾她也會需要一個像瘋子的晚上，釋放一下自己的情緒，而祁謙給了她，她很感激。但感情是死不了人的，第二天地球依舊在轉，深呼一口氣，她還是那個用堅強武裝自己的她！

這一晚，幫助顧格格拿出了面對渣男的勇氣。

這一晚，也幫助祁謙躲過了一劫。

當除夕、祁避夏、三木水的電話打過來時，祁謙還沒有從顧格格家出門。

因為打電話的人太多，祁謙乾脆選擇了多方會話，把因為關心而打來電話的人全都連線在一起，進行了３Ｄ的視訊通話，瞭解到了現在他根本出不了門的事實。

「很好，你沒在飯店，也沒在喬伊他們的派對上，更沒在警局裡。待在顧格格家，阿羅和我會儘快趕到。」事實上，說這話的時候，除夕和阿羅兩人已經在飛往Ｚ國的飛機上了。

費爾南多壓制住了情緒不對的祁避夏，「你爸爸這邊我會搞定。」

三木水是則說：「我就不去顧格格那邊了，省得把沒必要的關注引到那邊。記住了，無論誰跟你說什麼，你都要一口咬定你沒去參加過那個派對，你從劇組離開之後就直奔了顧格格的家，ＯＫ？」

祁謙發現他除了點頭以外，好像沒有別的工作需要做了。

顧格格充滿擔憂的看著祁謙，「需要我做什麼嗎？我會盡我所能的配合你。」

「繼續哭泣。」

那一刻祁謙不知道自己為什麼要這麼說，但當他說了之後，他和顧格格好像一瞬間都想到了什麼，福靈心至般，顧格格開始嚎啕大哭，好像她根本沒有停過。之前她還打算收拾一下自己，讓自己顯得精神點，如今這個念頭早已經被拋到了腦後，現在他們需要的是她有多狼狽就表現得多狼狽。

等阿羅來的時候，他很高興這麼多年來的公關危機，讓祁謙也終於學會了自救。

當天，《世界》劇組演員聚眾吸毒還吸死了人的消息就見報了。這一次事件鬧得很大，不只是某個國家，而是全球都知道了。隨著精神毒品的問題日益嚴重，大家都聚焦在了這件事情上，用不同的角度來解讀。

三木水也在當天下午跟Z國警方瞭解到了事情的始末，之後緊急召開記者會。

三木水的態度和立場十分鮮明：「在我的劇組裡，絕對不允許存在吸毒、暴力等負面新聞的演員。無論是否是參與了這次吸毒事件，但凡被我們發現有過吸毒的演員，我們都會進行解約，無論該演員此前拍攝了多少戲分，無論這會浪費我們多少膠捲、多少時間和金錢，這都會進行到底，剪掉該演員全部的戲分，一幀不留！」

有記者問：「劇組就是解約演員？不準備為此負責嗎？演員是在拍攝期間吸毒的，你們最起碼有監管不力的責任吧？」

三木水冷笑：「我們是劇組，不是演員的保姆，我們沒有監護權，謝謝。事實上，我知道你們想問什麼。你在懷疑劇組明知道這些行為，卻不曾阻止，對嗎？但我可以指天發誓，這是不可能的。這個疑問本身，就是對這部劇的一種侮辱！」

晴九當初是身患絕症死的，一種在發病的時候能疼得人恨不得自殺的絕症，這種病甚至在法律上都允許給病人注射一定劑量帶有毒品成分的藥物，好比杜冷丁，以麻痺他們的神經來止痛，但晴九卻堅定的拒絕了。

晴九說過：「我知道法律上，在我這種情況下是被允許的，但我不會。沒有為什麼，毒品是不好的，無論別人為毒品找了多少它必須存在的理由，我都不會認同，就像是吸菸有害健康一樣，我無法阻止別人也這麼做，但我能做到以身作則。直到死，我都不會去碰。」

無論是面對媒體，還是在晴九自己的隨筆裡，他都立場堅定，並且真的做到了。

外界對晴九的這個做法褒貶不一，畢竟那病真的很痛，而有些藥物確實需要帶有毒品成分的治療才能起效，但最起碼人們能達成一致的是——他們認可晴九的這種個人堅持。

沒有買賣，就沒有殺害。

有可能這個類比不太適合，但差不多就是這個意思。

再沒有誰會比晴九更為知名的反毒鬥士了，三木水繼承自晴九，對毒品也是厭惡異常，甚至為此曾和有過吸毒史的祁避夏的關係降至冰點，直至祁避夏戒毒這才有所緩解，但真正做到全無芥蒂，還要從祁謙出現之後說起。

記者追問：「您真的能做到把所有人開除？」

「是的。」三木水面容不容置疑。

「即便是有殿下之稱的祁謙？從他還是個孩子時您捧到如今的祁謙？和您的掌上明珠是至交好友，和您有親戚關係的那個祁家少爺？」

「阿謙不會吸毒。」三木水回答得十分篤定。

「您為什麼能這麼肯定他不吸毒？」

「你又為什麼能這麼肯定他吸毒？」三木水怒了，這個記者從頭到尾都在對這件事情不依不撓，實在是讓他不得不懷疑對方是不是在刻意針對。

事實上，這次還真是三木水腦補過多了，Z國這邊的記者不太瞭解C國，只是想要把緋聞和大牌演員牽扯在一起，畢竟現在因涉毒被抓起來的幾個劇組演員都是些名不經傳的年輕演員，記者和媒體想要聳動的標題和緋聞來吸引人們的注意力，這些人自然是不夠看的，最起碼在國際上是不夠的。

於是，自然而然的，就有人想要拉同在一個劇組的祁謙下水，這與針對沒什麼關係，只能說誰讓整個劇組裡除了三木水以外就是祁謙最大牌呢，報紙需要依賴祁謙的名氣。

「因為我有照片能證明祁謙在昨晚去過派對所在的別墅區！而據派對上的一些人招供，祁謙也在派對上。」

在記者這麼說出來之後，全場一片譁然。

來了，三木水在心裡對自己說，果然來了。

「我就不問你是透過什麼手段得到這些照片的了，也不問你為什麼能知道本應該還屬於秘密的警方供詞——」

三木水之所以說他不問，是因為當他說出這些問題後，差不多就已經達到了他想要的效果，甚至是隨著聽者不同的腦補，會產生比給出了答案對他這一面更有利的影響。

「我只問你，你敢保證你在問出這個問題前，進行了詳實的調查嗎？你能為你的言行負責嗎？」

三木水表情未變，緩慢而又擲地有聲的問出他的問題，如利刃，將那記者逼進了牆角，眼神裡透露出赤裸的意思：你敢點頭我就敢打你的臉！

不少三木水的粉絲都是知道三木水這個酷愛打人臉的毛病，甚至他們最期待的就是在出事之後看三木水用事實打人臉，那會給人一種十分暢快的爽感，代入感極強，就像是看小說一般，等待著主角絕地反擊，用實力讓所有人閉嘴。

這種情況也早已經在演藝圈內傳開，有人不信邪，最終都成為一個又一個前仆後繼的去證實三木水無堅不摧的證據。

Z國的這位記者，在這一刻也想起了曾和同事談笑間聽到的有關於三木水奇怪愛好的傳言，他不由自主的開始緊張，在眾目睽睽之下，他猶如赤身裸體，又好像所有人都在等著看他螳臂當車不自量力。但到了這一步，他已經不能退了，他必須前進！

抱著也許三木水只是在詐唬他，沒道理這種突發事件三木水也能準備好的僥倖心理，他點了點頭說道：「我能保證！你不用拿什麼誹謗罪，又或者別的等同的法律條文恐嚇我，我既然敢問，自然是事先做過了調查，有相關證據的，我對得起我身為記者的職業操守。現在需要直面問題的是您，不要閃爍其詞，如果您無法回答，就請祁謙自己來回答！」

三木水一臉「現在的年輕人怎麼就這麼不聽勸」的表情，遺憾的搖了搖頭，「好吧，既然你這麼說了，又如此堅持——」

「我堅持！」只是短短一、兩句話，記者就已經被逼到了絕境，他吞嚥了一下口水，額頭上開始冒汗。

三木水聳肩，「我這次沒有問你，打斷別人的話可不是禮貌的行為。如果你問的是別的關於祁謙的事情，也許我還回答不上來，但這件事剛巧我是知道的。我的回答是，你知道那片社區的名字嗎？kiwi，代表了Z國十分著名的幾維鳥，也是Z國人的代稱，裡面住的都是Z國乃至世界的名流，誰都有可能在那裡買房子，不只是蜜雪兒的『朋友』。」

「我查過，陛下並沒有Z國的產業，他在這附近就有小島！根本不需在kiwi買房。」

「再說一次，打斷別人說話是很不禮貌的，如果是我女兒這樣，我一定會好好的教育她一頓。說回正題，是，避夏沒有在kiwi買房子，但顧師言買了。哦，有可能你不知道顧師言是誰，我可以在這裡告訴你，顧師言是阿謙成年禮上的正賓，為阿謙取了表字的人，同時他也是C國著名的教育家，阿謙小時候的同桌、朋友顧格格的爺爺。顧格格女士繼承了自己爺爺的衣缽，畢業後一直從事教育工作，前不久她正好來Z國參加一個學術研討會，就暫住在kiwi的房子裡。如果你仔細一些，就會發現阿謙並沒有和涉案的喬伊等人一起去kiwi，他是單獨去的。」後面的話就不用三木水說了。

「哦～」全場一片原來如此的恍然感嘆。

kiwi這個社區名聲在外，隨著越來越多的LV大片來Z國取景拍攝，kiwi社區自建設而成之後的理念，就是打造第二個三十三天，名流在此置產，實在不值得大驚小怪。

「您是在試圖把這解釋為祁謙在那晚沒去參加劇組的派對，而是去看了朋友的巧合？」

記者怎麼都不肯承認自己的失誤，畢竟他前面已經把話放出去了，他不想成為一個笑話。雖然其實他自己的內心也開始動搖，他是不是太迫切的想要報導出大新聞，而錯過了什麼。

「我真奇怪你的上司為什麼還沒有炒了你，在你提出自以為很正確的疑問時，卻並沒有做好調查，就進行了有罪推論，你這樣不仔細的員工，最起碼我是不敢雇用的。」三木水從不掩飾他的嘲諷，「不是我『解釋為』，而是『這就是事實』。你不能因為我用事實打了你的臉，就無理取鬧啊。」

如果記者會按照娛樂節目那樣的剪輯，那一句「我對得起我身為記者的職責操守」此時一定已經被當作回聲重播在記者的身後。

站在三木水這邊的C國記者也開始跟著反駁：「就是！如果殿下去了派對、吸了毒，那為什麼警方帶走的人裡面沒有殿下呢？據我所知，有當晚鄰居的照片為證，警察當時可是把別墅圍了個水泄不通，殿下要怎麼安然無恙的離開？！」

在這個時候，C國人自然是同仇敵愾的，不論在國內他們互嗆得有多厲害，但C國的傳統是家醜不可外揚，自己的人絕對不能被外國人欺負了去！

「他、他自然有他的辦法。」記者終於詞窮了。

「一看你就知道沒有仔細調查過。」更多C國的記者加入了這場對立的爭論中，七嘴八舌的表示，「我不是祁謙的粉，但我追了他不少報導，在這次劇組更是全場蹲點，我可以負責任的說，祁謙此前從未參加過劇組裡的派對，我就奇怪了，他前面沒參加，這次又為什麼突然要參加一個死了人的派對？」

「我殿根本不喜歡參加陌生人太多的派對！」連Z國本國的工作人員都站出來幫腔了。當然，這位本身就是祁謙的粉絲，聽她的稱呼就知道了，她也沒打算瞞著這點，「我殿的潔身自好隨便一個粉絲都可以告訴你，我殿不只是《世界》這個劇組，哪怕是在別的劇組時，參加派對的次數也屈指可數。有參加派對時間，我殿大概更樂意宅在家裡看動畫和吃東西。即便是我殿出席的宴會，大多也是官方性質很濃的慶功宴，我們都很少能拿到我殿出席別的活動的照片。」

發展到後面，這話差點變成粉絲表達對祁謙的不滿，不滿於祁謙外出時間太少，他的日常私照總是很難拍到。

三木水十指交叉，這次他倒是不介意別人插話打斷他了。在內心笑看別人口誅筆伐著那個挑事的記者，這就是他最愛的生活。沒辦法，他也就這點樂趣了。順便在心裡想著，對方戰鬥力還是太弱了，他這邊還有殺手鐧沒拿出來呢，嘖嘖，真遺憾，算了，還是留給祁避夏發揮吧。

見情況差不多了，三木水這才輕咳一聲，將全場的注意力再次吸引到了自己這一邊。他直接跳到了收尾階段：「如果你們實在不放心，我可以這就打電話給祁謙，問問他在哪裡，省得你們覺得他躲起來了。我此前打過電話給他，鑑於外面太亂，我讓他不要隨意出現在公共場合。」

不少人都出聲表示還是不要打擾祁謙了，他們已經相信了。

但三木水卻依舊撥通了電話，表現得一派光明磊落。有些事情還是必須表現出來的，要不然就白費了阿羅的苦心。

手機響了有一會兒才終於被接起。一個面容憔悴到讓人根本不忍心看的女性出現在３Ｄ視訊的這頭，這很顯然就是顧格格了，大家都能很清晰的看到她充滿血絲的眼球，以及哭得腫得不像樣的眼眶。

「你好，徐叔叔。」

濃重的鼻音，很顯然她剛剛哭過，又或者還沒哭完，讓在場很多人都不由自主的擔心起對方的精神狀態。

「格格？阿謙呢？」

「哦，阿謙去做飯了，有什麼事情嗎？我可以轉達。」

「妳沒事吧？」當三木水問了這句題外話時，沒有人覺得這是不合適的。

「不，我有事，徐叔叔，霍清那個渣男他不得好死！我要跟他離婚，我再也無法忍受他了，我受夠了再為了他的面子假裝我們很幸福！他出軌了！徐叔叔，我恨他，我恨他！」

不得不說，顧格格也是個演技派。

全場的記者有不太知道顧格格其人的，但也會覺得尷尬，電話打得好像很不是時候。而知道顧格格的則在驚呼：天啊！這是不是無意中撞破了什麼？

雖然現在３Ｄ投影手機已經變成人手一個的街機，但其實所謂的３Ｄ投影也就只能根據掃描手機攝影鏡頭前面的人，然後再反射投影到對方的手機上，還不如以前２Ｄ的視訊呢，最起碼那能看到周邊的環境，３Ｄ就只能看到一個虛擬的小人。所以顧格格不知道三木水這邊尷尬的現場是完全說得通的，大多數人也都信了，大家多少都遇到過類似的情況。

三木水把投影功能轉換回了視訊，舉起手機，用攝影鏡頭對著全場環繞了一周，然後重新轉回來，再對顧格格道：「現在應該不太適合說這個，抱歉，格格，我只知道祁謙去了妳那裡，並不知道他去的目的，我很抱歉。」

「……」電話那頭傳來了一陣窒息的沉默。

不少人都不由自主的在心裡類比了自己，想著要是換作自己，面對這種無意中把自己最羞於人言的隱私突兀的暴露在全球公眾面前的情況，要麼羞憤欲死，要麼報復社會啊啊啊！當然，最先要做的還是秒掛電話。

顧格格卻什麼都沒還，甚至沒有掛電話，她就好似豁出去了一般，甚至笑了，雖然笑得有點難看，「無所謂了，沒什麼丟臉又或者什麼家醜不可外揚，我凌晨的時候已經決定了，這次回國就離婚，這個時間也算是合適吧，都不用再和霍清有什麼牽扯。希望有國內的媒體朋友都能幫我轉達——霍清，我要和你離婚，你出軌的照片、影片我會和離婚協議書一起快遞到你手上，有事請和我的離婚律師談，不要再試圖透過任何管道聯絡我了，我噁心你！」

這一席話已經足夠所有人清楚的腦補出很多豪門恩怨了，不得不說女性這個弱勢的身分是十分好用的，最起碼在場的女記者大部分都一瞬間就站在了顧格格這邊，甚至為她的果決鼓起了掌。

小三這種不要臉的生物，幾乎是所有女性的公敵，哪怕本身是小三，也會怕自己的金主再有個小四、小五什麼的。

「等記者會結束之後我會去看妳，妳要堅強。」這是三木水最後對顧格格說的。「好，再見。」顧格格道。

當電話掛斷之後，三木水對記者會現場所有人說：「現在，你們還有什麼除了顧格格和祁謙以外的事情想問的嗎？」

三木水這也算是一個投機取巧的語言陷阱，大家都已經被顧格格的突發事情弄懵了，再等三木水這麼一問，自然不自覺的就會陷入一個怪圈：如果不能問顧格格和祁謙，那我們還能問什麼呢？好像沒了，哦，沒了。

但其實本來能問三木水的東西還是有很多的，但就這樣被他巧妙的結束了。

電話那頭，祁謙和顧格格擊掌，勾起雙贏的脣角，這就是他們的計畫，既能不帶絲毫曖昧的解釋清楚祁謙會出現在顧格格家裡的原因，也能在輿論上先入為主，讓公眾多站在顧格格這邊，不會輕易被霍清的水軍洗腦。他們這個可不是夫妻感情破裂之後的破口大罵，而是別人「無意中」發現的事實，待霍清想要反擊時，那才是不顧舊日夫妻情誼的下作之人。

記者會結束之後，顧格格和霍清婚姻破裂的消息以最快的速度傳回了國內，然後就有好事者翻到了顧格格在凌晨四點左右發的一條微博，一張憔悴的自拍照和一句簡單的話：「總有些人一再刷新我對於噁心的定義，慶幸的是我還有最好的朋友支持著我堅強下去。」

本來是一條指向不明的微博貼文，如今卻給人一種天下大白的恍然，那條貼文迅速竄紅到熱門微博排行榜的第一名。

這篇貼文在凌晨的時候自然是不存在的，顧格格那會還在哭呢，哪有心情發文。

很顯然是 2B250 的功勞。

在時隔這麼多年之後，祁謙終於和顧格格串好了口供，關於他們共同在天才班認識一個超級無敵的駭客，該駭客隱姓埋名，和顧格格關係很好。

「我不會問你為什麼要撒這個謊的。」顧格格當時是這麼跟祁謙說的，「只要你需要，我永遠都在。」

這就是朋友。

等那篇貼文紅了之後，祁謙這才用自己的微博轉了顧格格的貼文，並附上一句：「才看到妳的微博。我現在開始相信妳真的挺過來了，加油。」

在那之後，除夕、蛋糕、福爾斯以及陳煜這些和祁謙關係好的朋友，都先後轉發了祁謙的微博，以示支持。

除夕以前是沒有微博帳號的，他不玩這個，對網路本身也沒多大的興趣，後來還是蛋糕和皇太孫的事件讓除夕意識到，他必須要有一個微博帳號，不為了玩，而是想讓祁謙幹什麼都帶上他，好比標注人的時候也有他，讓別人知道他們的關係是最好的。

事後有人採訪顧格格，當時心情那麼糟糕，怎麼能想到發微博。

顧格格表示：「為了讓阿謙知道，他陪著我又哭又笑發瘋了一晚上是值得的，他的安慰有作用，我真的已經不那麼在乎離婚的事情了。在我們不知道事發的那晚，他還以為第二天自己要去拍戲呢，但為了安慰我，他硬是能一晚上不睡的照顧我，我總要透過一個委婉的方式讓他相信，我真的沒事了。我也很慶幸我發了微博，能讓所有人看到，我們不是什麼事後串供，很自然的還了阿謙清白。」

◎◆◎◆◎◆◎

在三木水的記者會之後，白齊娛樂和白氏國際也緊隨著發表了一份聯合自查聲明。

凡白齊娛樂、白氏國際旗下的員工，無論是否是明星，即日起，有吸毒情節者請主動去各總公司的自律小組坦白（過去有戒了的也需要備案），公司能為其提供帶薪戒毒的特殊福利。但僅限七個工作日，逾期不候，再被查出，一律解約開除，永不復錄用。一切有白齊娛樂或白氏注資的活動、企業，也將不會採用該人。

一開始還有不少企業都在嘲笑白家的草木皆兵，不過是Z國吸毒吸死了個小嫩模，有必要嗎？後來事實告訴了這些企業，有必要！

蝴蝶振翅能掀起龍捲風，Z國的吸毒致死案也能在世界範圍內造成意想不到的轟動。已經忍耐精神毒品多年的C國，終於重拳出擊。不再局限於對製毒販毒的追究，吸毒者也會一併懲處，而且懲罰的還不是吸毒者，而是他們身邊知情卻沒有讓吸毒者強制戒毒的家人、朋友以及公司，輕則罰款教育、停業整頓，重則吊銷營業執照，有情節更加惡劣、屢教不改者，甚至會坐牢。

一如酒駕一般，曾經不少人都沒有把這當一回事，但當政府開始真的嚴懲之後，它就無法再被人忽視了。

當然，坐牢的也只是個別案例，好比旗下有一半以上的藝人都在吸毒、販毒的小型演藝公司的老總，說他不知道旗下藝人的事情都沒人信。

大部分企業最多也就是因為失察而被罰了款，點名批評什麼的，這種連坐一時弄得人心惶惶，卻也起到了一些效果，讓人們重視戒毒，明白自掃門前雪的心理是要不得的。

雖然在執行的過程中也存在一些惡意陷害的情節，不過總體來說還是好的，執法過程總是難免出現一些誤差，只要大方向還在控制之內就ＯＫ。

只有白齊娛樂和白氏國際在這次的事件裡，提前給出了漂亮的反應，成為政府著重表揚的良心企業，更是被當作正面形象宣傳了一次又一次，甚至還上了七點的全國新聞。

不少人在事後都覺得白氏這肯定是提前得到消息了，也不想想白氏的姻親是誰，政界大鱷齊家！

而白氏對這種捕風捉影的事情表示不屑。

祁避夏作為白齊娛樂旗下最著名的藝人之一，自然帶頭去了自查小組備案。他吸過毒，也戒了很多年。

隨著祁避夏的動作，白齊娛樂這才在自查開始的最初階段，有那麼幾個藝人敢真的去坦白，不多，五個，比起白齊娛樂旗下海量的藝人，實在是屬於滄海一粟的數字。

當有人在暗自覺得這些人是「自毀長城，沒有祁避夏那麼硬的後臺，這不是上趕著玩死自己嘛」的時候，白齊娛樂卻再一次驚掉了所有人的下巴，他們以此量身打造了一部明星戒毒真人秀的節目，在白氏電視臺的黃金檔播出，收視率高得嚇人。

這些主動坦白的藝人不僅沒有毀了自己的前途，反而還躥紅了一把，提高自己的螢幕形象，成為一種另類的健康模範，激勵不少C國乃至世家吸毒的青少年改過自新。

一個從不犯錯的人，和一個經歷過痛苦的折磨終於改正錯誤的人，誰更有說服力呢？

這就是白氏電視臺這檔節目所想要體現的問題之一。

人們很真實的看到了，這些明星在退去光鮮亮麗的表面之後的一面，讓大家十分直觀的明白了戒毒的不易和煎熬，並告誡還沒有吸毒的人，這輩子都別想著碰毒品。

在明星徹底戒毒之後，他們雖然像是被扒了一層皮，但那如獲新生的笑容，以及和家人親朋的喜極而泣，會讓觀眾看到他們的努力，並對他們送上自己最衷心的祝福。這讓吸了毒還沒有戒毒的人，鼓起勇氣擺脫毒癮——看，其實沒什麼好怕的，戒毒不會死人，你終將會挺過去，重新恢復正常、健康的人生。

不同的人總能在這檔節目裡看到他們不同的所需，有哭有笑，再加上明星本身良好的容貌底子，即便戒毒期間很痛苦，也不至於讓人看得噁心，只會感同身受的覺得難過。

再有一流的拍攝團隊後期的剪輯打造，節目自然能火。

況且這還受到了政府和皇室的支持，一路大開綠燈，又積極、又健康，還有深刻的教育意義，何樂而不為呢？

祁避夏在拍攝完《天下》第三季之後，成為了明星戒毒真人秀的第一集嘉賓，裡面公布了一些祁避夏從未讓任何人看過的戒毒錄影，他之所以保留這些，是為了提醒自己那個過程有多痛苦，他戒的有多不容易，他永遠、永遠不能再那樣墮落了。

影片裡，青春年少的祁避夏再一次勾起了人們內心深處久遠的回憶，關於那個曾經被稱為「祁避夏年」的特殊過去。

他曾經是家喻戶曉的童星，最後他卻成為了眾所周知的「壞小子」。

「我其實一直很討厭什麼『隱藏在傷害背後的真相』之類的心靈雞湯，在我看來錯了就是錯了，我不關心對方為什麼要這麼做，我只關心做了殘忍事情的對方會受到怎樣的懲罰。他再可憐，也不能成為他傷害別人的理由。」祁避夏是這樣對主持人說的。

「但你沒有傷害別人，你只是傷害了你自己。」主持人是這樣回答的，雖然這次商量腳本時就知道祁避夏肯定會這麼說，但他還是有一種祁避夏在砸場的感覺。

祁避夏搖了搖頭，「我其實傷害了很多人，一心為我著想的家人，比在乎自己還要在乎我的朋友，以及曾經說過會永遠愛我的粉絲。我真的遇到過這樣的粉絲，她有多愛小時候的我，就有多恨長大後墮落了的我。她讓我明白我錯的有多離譜。雖然道歉很蒼白，但我還是想說，對不起，讓曾經愛我的你們失望了；對不起，辜負了你們最初的期待；對不起，我意識到這些的時候晚了這麼多年。」

三十多歲的祁避夏，和他最早演出第一部電影時三歲的他，一起出現在了大螢幕上，讓所有人最直觀的看到了時間的殘酷，也讓觀眾明白那個任性叛逆的男孩終於走出了叛逆期，他變得滄桑，卻也成熟了起來。

照片裡無憂無慮的男孩，讓不少感情豐富的女性觀眾都留下了眼淚，多想讓他永遠留在那個最天真燦爛的年紀啊，永遠不需要煩惱，不需要明白長大意味著什麼。

對過去祁避夏的喜歡，就這樣被人們移情到了現在的祁避夏身上。

人們開始真的相信，那個他們曾經喜歡的男孩回來了。雖然中間走過不少彎路，但看著影片裡他那麼狼狽不堪、痛苦難忍，再硬的心都會軟下來。夠了，真的夠了。

當大家都被激起了同情心之後，就很容易讓他們一起好奇那個why了——為什麼祁避夏要這麼做？他明明曾經有著最光明的前途，為什麼要自毀長城？

「吸毒總是需要一個原因的，好多人的理由都是好奇、被誘惑、被刺激、被騙……那麼你呢？最開始是出於什麼心理開始的呢？」主持人終於找到機會不著痕跡的開始這個依舊是解讀傷害背後的故事。

「很多原因的總和吧，不好說到底是因為什麼。尋求刺激是一方面，本來一片坦途的星路出現偏差，讓我對未來感覺到迷茫是另外一方面。我急需一些感情的寄託，而活在幻想裡是最簡單的一種方法。我永遠都記得我吸的第一口毒，在酒吧裡，身邊一群狐朋狗友，音樂聲震耳欲聾，他們在起鬨、在拍手、在尖叫，而我在吃下之後整個人都感覺飄飄然了起來，好像一切煩惱都不存在了。」

「但它們依舊存在。」主持人緩緩道。

「是的，當我徹底清醒過來時，煩惱其實沒有消失，它依舊存在，甚至變大了，我需要用更大的力氣去修補，但我並沒有修補好。」祁避夏笑得有點苦澀，所有人都明白他在指什麼，他錯過多年的大螢幕。回想那個時候，他真的是不知道天高地厚，很傻很天真。

「你為什麼不選擇別的感情寄託呢？」

「我試過很多東西來尋求刺激，飆車、高空彈跳、跳傘，各種瘋狂或者超越瘋狂的極限運動我都玩過，我有段時間是真的很享受那種在死和活之間來回游移的生活。」

「不要迴避我的問題，我是說，寄託某個人，好比父母……」

「我父母那時候去世了，而我的舅舅捲款跑了。」

當你能在未來的某天，笑著用很淡然的口吻說過去對你最大的傷害時，那就代表著這件事情對你已經無法再造成傷害了，你真的看開了。

現場和螢幕前的觀眾都不可思議的睜大了眼睛，他們確實不知道祁避夏還有這麼一段故事，他們開始有點同情他了。

那個時候他該有多無助啊，他……

「看，這就是我不願意跟別人說這些的原因，我不想讓別人同情我，因為這沒什麼好同情的，這只能證明我當時太軟弱了。這些要是換作我兒子面對，他肯定不會選擇我曾經做過的，他只會變得更加堅韌，無堅不摧。就像是尼采的名言『What doesn't kill you makes you stronger』，凡是不能殺死你的，最終都會讓你變得更強。在我看來這只是性格問題，所以請不要同情過去的我，我最受不了的就是那個！」

不少觀眾都覺得，祁避夏越這麼說，他們反而越會同情他。

很多曾經是祁避夏的影迷、但後來反感了他的人，都覺得很愧疚，覺得自己不是一個合格的粉絲，在祁避夏經歷這些的時候，他們沒有選擇站在他身邊，相信他會變好，反而背叛了他，成為了那個讓他變得更加痛苦的原因。

「ＯＫ，不聊背後的故事，那我們來聊聊改變你的故事吧，是什麼讓你決定戒毒的？」主持人轉變了話題。

「即便我當時那麼墮落了，卻依舊沒有放棄我的小表哥白秋，還有我的經紀人阿羅。」祁避夏毫不猶豫的回答，「我父母去世後，我算是被我的三個表哥和一個表姐養大的，他們大我很多，就像是我的父母，小表哥的兒子都比我大。是他們讓我意識到，我其實遠沒有自己自怨自艾的那麼可憐，我沒有被全世界拋棄，我還有他們。當然，真正讓我想要變好的，是我的寶貝兒子。」

「殿下？」

「是的，謙寶，當然，他現在很討厭我這麼叫他，一這麼叫，他就會和我生氣，倒也不是發脾氣，就是用那種——你懂的——很嚇人的眼神盯著我。在我戒毒之後還沒有迎來阿謙的那段日子，我過的其實是十分壓抑的，充滿了憤怒，對我自己，對這個世界，我需要透過一個管道才能發洩這些憤怒，但我已經答應我小表哥絕對不再碰毒品了，所以……」

這也就是祁避夏在十幾二十歲成為流行小天王時，那麼橫行霸道的原因，沒有什麼刻意的表現、欺騙，這都是祁避夏最真實的想法。

「我並不以那些過去為傲，甚至是羞愧的，但無論如何那都是我的過去，我只能接受。每個人都有青少年時期的黑歷史，我也不例外，只是我的格外黑。我比別人幸運的是，在我還沒有徹底為此做出什麼更加後悔的事情時，我的兒子出現了，他拉住了我。是他讓我明白了，我想成為一個更好的人，我能成為一個更好的人，我必須成為一個更好的人。我需要成為他的表率，我需要提供給他一個良好的成長環境，我需要保護他不受到傷害，無論是來自外界，還是我的不良影響。」

每個人的成長點都是不同的，祁避夏的開始就是他的兒子，他真正的明白了什麼叫責任，什麼叫成長。

「養個孩子其實不是只圍觀孩子長大，也是你自己的一次成熟。」

全世界都知道祁避夏為了他兒子祁謙能幹出任何事，但以往他們只看到他霸道的一面，他不許任何人欺負他兒子，甚至是監督他兒子吃飯和鍛鍊的生活小趣事，卻很少人注意到祁避夏在其中的成長和變化。

大家都知道祁謙從小養成了風雨無阻每日晨跑的良好習慣，卻總是習慣性無視掉祁避夏為了讓兒子堅持，也陪著祁謙從小跑到大，除了工作以外從未缺席一日。人們總是拿祁謙來教育自己的孩子，祁謙從不挑食，愛吃蘿蔔愛吃菜，卻看不到祁避夏為了以示公平，也咬牙陪著兒子吃了這種其實很多大人都不喜歡的營養餐，一吃就是十年。

做一件好事容易，做一輩子好事很難。

給孩子當一天表率很容易，堅持一輩子就很難。

但祁避夏卻真的做到了。

「我是他的表率嘛，要讓他服氣，自然就要跟著一起做。我以前看過很多本如何教育孩子的書，裡面總有一句意思差不多的話——孩子像一面鏡子，你怎麼做，他就會怎麼做，你怎麼對待他，他也會怎麼對待你。如果你不去鍛鍊、吃蔬菜，孩子也會想『為什麼你可以不做，我卻要做』，然後有樣學樣。我真的很怕謙寶學我。」

祁避夏在遇到祁謙這個話題之後就拐了個彎，開始大談起了自己多年來的育兒經，他攢了一肚子話，說上三天三夜都不會覺得累，還能不斷有新話題，越談越興奮，眼睛裡都在閃著光的那種。這大概是每個家長都會有的通病，三句不離「我的孩子」。

主持人在心裡暗暗叫苦，祁避夏對兒子是有多執著，全C國的人都知道，想讓祁避夏轉回戒毒這個正題上總感覺是天方夜譚。

怎麼辦？

但他還是必須努力轉一轉啊！

「您說殿下讓您變得更好，在戒毒方面也有幫忙嗎？」

「是的。」祁避夏興致勃勃的點了點頭，「老實說，在沒有祁謙之前，我無數次的想過要複吸，所以才會有這些提醒我自己當初有多痛苦的影片，以阻止自己複吸。但當有了祁謙之後，這些影片就沒了用武之地，因為我害怕我吸毒會把謙寶拉下水，所以自祁謙來到我身邊之後，我就再也沒有想過了。」

「那麼，對於戒毒成功的人，我們是不是其實也可以這麼建議他們，當他們想要複吸的時候，除了回憶自己戒毒時的不容易，也可以想想對自己重要的人事物，不要因為毒品而毀了他們。」

「是的。好比我是為了我兒子，別人也可以為了他們的家人、太太、事業……」

祁避夏雖然講祁謙講得很興奮，但多少還是知道要配合節目的。

在順利將節目進行到最後的時候，主持人問了祁避夏一個問題：「您為什麼會答應參加這個節目呢？我是說把這些狼狽的過去和痛苦都曝光出來，之前不會有什麼擔心嗎？」

「擔心肯定是有的，就好比我前面說過的，害怕別人同情過去的我。但最近發生的事情讓我意識到，因為我過去不良的紀錄，給我兒子造成了多壞的影響。所以我必須站出來，讓別人明白，謙寶和我不一樣，他永遠都不會去碰這些，因為我不允許。」

「Ｚ國的記者？」大家心領神會一笑。

祁避夏點了點頭，「記者會我是在之後才看到的，那句有其父必有其子，真的讓我很難受。三木水給出的解釋中其實還有一點，大概他不知道，那個記者也不知道，很多人都不知道。我可以在現在說，有那麼一條理由，足夠祁謙這輩子都不會踏足那裡。」

「是什麼呢？」主持人好奇的問道，雖然他早就知道答案，但他還是要問，因為甚至整個節目都是為了這個在服務。

「出事的女演員蜜雪兒的房子，其屋主是Ａ國埃托集團現在的名譽主席。」

「嗯？」所以？

所有人都有點困惑這兩者的必然關係。

「埃斯波西托，想必大家都對這個名字還算耳熟，就是前段時間和世界最大的黑道組織火拚到兩敗俱傷的那個神奇組織。埃托和埃斯波西托是什麼關係就不用我說了吧？看名字就知道。當然，以前很少有人能猜到，畢竟沒誰能想到哪個黑道組織能這麼傻。但自從出了自己把自己玩死的事情之後，我就對他們的智商沒有多少信心了。」

「哦～」一陣恍然之後……還是不明白。他們知道了埃托集團，卻還是不明白這和祁謙的關係。

「這個組織參與了多起恐怖事件，眾所周知的就是前段時間的雙子座爆炸。而眾所不知的是，我父母當年的飛機失事以及舅舅捲款私逃，都與這個組織有著千絲萬縷的關係。」

「！！！」

「你覺得謙寶會和害死了自己祖父母的人同處一室嗎？哪怕那人不在，謙寶也不會踏足那棟別墅的。」

這就是三木水當初沒有提出來的殺手鐧。

雖然埃斯波西托家族的長老團和家主維耶都一起死在了那場爆炸裡，但其實他們組織的餘孽還在，總有漏網之魚在繼續從事著毒品這種來錢快又足夠害人的行業。事實上，網路精神毒品最初的興起，就始自埃斯波西托家族。

這位現任的埃托集團名譽主席，透過他的情人蜜雪兒在演藝圈兜售毒品，拉更多的人下海販毒、吸毒，已經成為了一個初具規模的產業鏈條。直至他們沒有把握好量，吸死了人，在多方警力的配合下，這才一舉破獲了這個販毒團夥，徹底剷除了毒瘤。

祁謙去蜜雪兒家時是不知道屋主是誰的，事實上，連屋主都不知道祁謙和維耶的恩怨糾葛，他只是個想賺毒品錢的低層黑社會。在案件曝光之後，祁謙才知道這點，並和祁避夏做出了深刻檢討。

祁避夏表示：「你又不知道。不過，這不是一件很好的事情嗎？能更有力的讓別人相信你不會去那裡，我覺得這一定是你爺爺奶奶在天上幫助你的。」

祁避夏終於不再是只感動了祁謙一人，在戒毒的節目播出之後，祁避夏感動了全國，他徹徹底底的洗白了自己，讓所有人都對他重拾了信心，期待著他的新劇。

《天下》的第三季正好在差不多的時間開播，和真人秀的第一集可謂相輔相成，互相幫助，達到了雙贏的局面。

祁避夏王者歸來，終於再一次站到了他最喜歡的領域的舞臺上，高調重新開始，讓全世界都看到了他。

X月O日　第三十篇日記

父子倆拍兄弟戲

《The Family》終於上映了，獲得了空前的成功，讓除夕賺了個盆滿缽滿。

現在業內差不多都知道了，有個突然興起的投資新人叫裴熠，眼光精準，他投資電影從來都沒有什麼規律，只有一條就是賺錢，幾倍、甚至幾十倍的翻，叫好又叫座，讓人不服都不行。

不少人都開始學起了達生劇組，找上門堵除夕，希望他能投資，卻很少會被看上。

祁謙所扮演的孔蒂更是掀起了一波小高潮，雖然祁謙只在片頭出現了短短的幾分鐘，不少人卻都表示，要是光明神教真的有這麼帥的大祭司，他們鐵定要去當最虔誠的信徒啊！

於是，由孔蒂開始了一股復古潮流。

祁謙在《The Family》首映會之前的那段時間簡直忙瘋了，重新選角開拍的《世界》為了趕檔期，拍攝的進度簡直是非人類。不過即便如此，祁謙還是想辦法從三木水那裡請到了假期，從Z國飛回LV市參加《The Family》的首映會，不是因為電影裡有他，而是因為電影外有除夕。

三木水和祁避夏打電話：「做好你兒子要開始談戀愛的準備吧，孩大不由爹。」

隨著蛋糕和皇太孫的感情逐漸升溫，三木水最近最喜歡看這種「爹因為孩子談戀愛而哭天搶地」的人間慘劇了。

祁避夏也知道三木水的惡趣味，但……他還是上套了：「我就知道，我就知道，那個裴熠對我兒子心懷不軌！」

費爾南多毫不客氣的拍了祁避夏後腦杓一巴掌，「好好說話！」

「孩子總是需要談戀愛的，我們做家長的沒有道理限制他。」祁避夏只能乾巴巴道。

這是費爾南多的教育成果，他真的很擔心，以祁避夏這個勁頭，祁謙這輩子都別想好好談戀愛。雖然費爾南多也捨不得祁謙，但他還是覺得這是一個人該經歷的階段，做家長的怎麼能毀了自己孩子的幸福？

「好了，別生氣了，為什麼你會不高興呢？我們阿謙那麼厲害，你還害怕他吃虧？」

祁避夏恍然：臥槽，對啊，我兒子那麼強，和我完全不一樣。除夕也不是費爾南多這樣練體育的，那小身板，怎麼看都是我兒子占便宜！

總之呢，祁避夏的世界觀就是：只有我兒子能占別人便宜，不能別人占我兒子便宜！攻受問題特別重要！

費爾南多長嘆一口氣，然後悄悄發了訊息給除夕：「我只能幫你到這裡了。」

費爾南多知道除夕對祁謙有意，祁謙也不像是不喜歡除夕的樣子，只是過於懵懂。只要沒了祁避夏在中間橫加干涉，這段感情應該很快就能開花結果了。不過，費爾南多也是真心覺得，以祁謙那個強勢態度，只有他壓人的分，除夕根本壓不了他。

——我家孩子是最厲害的！BY：祁避夏和費爾南多夫夫。

◎◆◎◆◎◆◎

《世界》緊趕慢趕的，最終在新年過後的第二天被當作賀歲片上映了。

祁謙和他的家人、朋友們都正裝出席了首映會。昨晚，祁謙一家是一起在白家老宅吃了餃子，第二天晚上就乾脆一起從老宅出發，驅車前往首映會。

這次《世界》的首映會，是與C國數家電影院一同上線播放的，只是首映會現場比其他電影院早半個小時而已。其他家則會打出與祁謙同時觀看《世界》的噱頭，雖然是在不同的城市、不同的電影院，甚至連時間都相差半小時，但依舊有無數粉絲為這一個概念而興奮，上座率極高，不少地方都是座無虛席。

這次首映會上，福爾斯帶來了司徒卿，這是他們兩人交往以來第一次決定在公眾面前亮相；蛋糕則選擇了皇太孫當男伴，這對年輕情侶最近才開始真正的陷入熱戀，不再是最初的各懷心思，他們有點假戲真做的意思了。

新聞太多，讓狗仔記者在高興的同時，也有點不知道該著重報導哪個的憂傷。

三木水的首映會一般不愛搞太大的噱頭，只是簡簡單單的介紹一下，在一、兩個互動遊戲之後，就開始了電影的播放。

燈光緩緩暗下，巨大的電影螢幕上出現了皇家電影公司的標識，緊接著響起由祁避夏演唱的電影主題曲。請了祁謙演重要角色的劇組一般都知道，請了祁謙，基本上等於主題曲能請到祁避夏這個重量級天王來演唱。

雖然祁避夏在《天下》第三季中的表演大獲成功，但他歌壇天王的地位也始終穩固。祁避夏並沒有打算就此退出歌壇，專注演戲。唱了這麼多年，他對演唱行業也是有感情的，只不過會減少出唱片的頻率和數量而已。祁避夏準備當個兩棲明星。

電影一開頭，就是祁謙這個大反派出場，衣著華麗，氣場強大，他正和自己的另外四個形態說話。

關於毀滅世界和一個預言。

新的飾演英雄克里斯的演員，在空靈的預言背景音後，出現在大螢幕上，就像是每個傳統的英雄故事那樣，他踏上了尋找夥伴的冒險旅程。波瀾壯闊的法爾瑞斯大陸像一幅畫卷，緩緩的展現在觀眾的眼前。哪怕是看過原著的人，也不由自主期待起接下來的劇情。

兩個小時的電影讓大家一點都沒覺得漫長，彷彿一眨眼就已經來到了大決戰的部分。

英雄克里斯遭遇了看似溫和實則變態的天界之主的本體，當鏡頭給祁謙笑臉的特寫時，不少人都情不自禁的倒吸了一口涼氣，那種彷彿靈魂也在震懾的悸動，讓人一下子感受到了電影裡英雄克里斯的不容易，這樣的對手要如何戰勝？

只有坐在祁謙後面的裴越，傾身上前在祁謙耳邊小聲道：「我爸爸？我覺得你這個演得可比《The Family》裡那個以我爸爸為原型的人物還要像他，不是外形，而是神韻。」

祁謙點頭，「看來我演得很成功。」

「必然的，看到你笑的時候，我脊梁都涼了。」裴越總感覺那一刻他再次看到了那個他總是在叛逆反抗，實則敬畏的父親。

永遠驕傲，永遠變態的裴安之。

電影在決戰部分是五個場景交錯，英雄克里斯的夥伴和天界之主的四個形態各自戰鬥，克里斯則對上了最難搞的天界之主的本體。隨著小夥伴們艱難的一個個戰勝了天界之主的形態，被從囚禁的地方放出來，他們開始共同合力對付天界之主。

在所有人都為小夥伴的逃生而信心大增，覺得人多勢眾、肯定能贏的時候，電影的畫面卻猛地一轉，讓人們意識到，小夥伴們每掙脫一個形態，那個形態就會回到天界之主的身體裡，讓他的力量呈幾何倍數的增長。換句話說就是，被圍毆的反而是克里斯這一行人，當天界之主合五為一時，他達到了力量的巔峰。

祁謙的表情也會隨著每一次的融合，有著相似而又不同的微妙變化，將精神分裂發揮得淋漓盡致，有一段精神分裂在祁謙身體裡吵架時的樣子，更是讓人大開眼界。事後不少粉絲的彈幕都在瘋狂的刷著「此生足矣」、「再無反派可以超越我殿」等言論。

電影劇情的最後，天界之主還是被打敗了，故事就是以天界之主的回憶作為結尾，落下了帷幕。

沒有慶祝英雄的成功，也沒有訴說英雄的故事，只是從反派開始，又從反派結束。

在成為天界之主的第一個一千萬年裡，他兢兢業業的擔任著這份工作，他相信光明與正義，他製作出了純粹光明的有翼天族，將他彷彿是正無窮的力量分享了一部分給他們，讓他們成為他的手、他的眼，代替他去下界傳授給人類在險惡的世界中生存下去的力量和技能。人類根據他傳授的力量摸索出成神之路，逐漸有人成神進入天界，與他一起坐擁這個世界，他開始明白了什麼叫熱鬧。

在成為天界之主的第二個一千萬年裡，由人成神的神明們慢慢意識到自己不是進入了天界，而是被困於天界，他們掙扎嘶吼、試圖擺脫這樣永無止境的囚禁，可惜沒人能夠成功。

於是他們開始愚弄起人類，發起戰爭，互相爭鬥，要麼享受勝利的甘甜，要麼從囚禁中得到解脫。

在成為天界之主的第三個一千萬年裡，陪伴著他的神明殞落了不少，又新加入了很多，他們不斷的重複著先輩曾經做過的事情，憤怒、爭鬥、死亡。直至他一揮手，結束了所有人的生命，無論是神明，又或者天族，他再次變成了一個人，也是從那時起，他學會了寂寞。

在成為天界之主的第四個一千萬年裡，他不再搭理世事，他厭倦了他的工作，他討厭沒有人陪伴的生活，也討厭有人陪伴的生活；他開始思考，思考他為什麼存在，思考什麼才是真正的快樂。

在成為天界之主的第五個一千萬年裡，他決定報復世界！

簡單來說就是一個中二到不能再中二的神，從無到有再到沒有，最終受不了終於變態了的過程。而主角在故事裡要表達的中心思想則是晴九和三木水一貫文裡的精神和風格——儘管如此，世界依舊美麗。你不能把自己的憤怒和對世界的不滿轉嫁到無辜的人身上，那就太low了。

天界之主在被打敗的時候面對主角的義正辭嚴，只是笑著說：「我拭目以待。」

這就是《世界》的結局，天界之主被主角打敗，心甘情願把自己全部的力量和財富都留給了主角，想看看主角在擁有永恆的生命卻永不能下界之後會幹什麼。

「等你站在我的角度，幹得我比我好之後，再來指責我吧。」他好像在這樣說。

不少觀眾都在意淫，如果自己是英雄克里斯，自己會怎麼樣？想來想去，都無法討論出一個可以徹底解決的辦法。

這個無解的答案，幫助三木水獲得了那一年的承澤親王獎。

承澤親王獎是C國科學和文化領域內的最高獎項，在每年C國的新年過後頒發。這也是全世界最知名的獎項之一，代表著一個科學家一生所能獲得的最高榮譽，就好比每個演員都想獲得小金人獎一樣，每個從事科學和文化領域的人都想獲得承澤親王獎。

承澤親王獎的典禮每年開一次，甚至會有皇室成員參加，但卻未必是每個獎項都一定會有人獲得。跟小金人一樣，承澤親王獎也秉承著寧缺毋濫的精神，寧可不給，也不會湊合。而獲得承澤親王獎的人，可不僅僅是獲得獎盃和名聲，最主要的是還能得到真金白銀的鉅資，可謂是名利雙收。

承澤親王獎分為好多類，其中最受矚目之一的獎項莫過於文學獎。一如當年的晴九，三木水也終於走到了這個由C國皇室最早發起的文學界的最高殿堂，無數次午夜夢回，三木水都夢見過這裡，有時是他自己上臺領獎，有時是他的表叔晴九。

最終獲獎時，由皇室裡繼承了承澤親王王位的新一代承澤親王頒獎，他唸出的獲獎者卻有兩個名字，三木水和晴九。

這個情況比沒人獲獎還讓人意外，不少人都是一臉「原來還可以兩個人一起獲獎」的被打開新世界大門的表情。

祁謙也受邀參加了這次的頒獎典禮，他在心裡想著，三木水想打人臉的想法果然又一次實現了。當他起身擁抱三木水時說的恭喜就有兩重意思，一是獲獎，二是打臉成功。

三木水愉悅的心情不言而喻，這種雙倍的高興甚至讓他都很難維持住以往的冰山臉。

在從承澤親王手中接過獎盃的時候，三木水在心裡告訴自己，他的人生終於圓滿了。然後，在發表完和晴九共同獲獎的感言後，他又多加了一句早就準備好的話：「鑑於我表叔晴九已經去世，而他的遺囑裡我繼承了他全部的版權以及此後的各項獎金、版稅，我決定，在此將我和他這次共同的獎金全部捐出去。」

場下的人再一次不可思議的睜大了眼睛。

歷屆獲得承澤親王獎的獲獎人裡，不是沒有把獎金捐出去的，事實上，捐贈一部分獎金已經成為了承澤親王獎的傳統，但卻很少有人會像三木水這麼乾脆俐落，一分不留。畢竟獎金可不是一筆小數目，哪怕捐出去大部分，留下很少的一部分都足夠人享受了。

不過三木水本身就不缺錢，他捐出去多少都不難理解。

只是當三木水宣布會將這些錢捐給誰的時候，大多感性的女性都情不自禁的落淚了，鼓掌的聲音久久不息，在禮堂裡不斷迴響。

三木水把獎金對半，一份捐給了寫作事業的相關基金會，一份則捐給了相關積極研究絕症的組織，那個絕症就是晴九當年所患的。

晴九說：「我知道人死不能復生，這個絕症再研究也對我沒有任何意義，只是我不希望日後再有人同我一般經歷這個病的痛苦，那真的太疼了。」

如今，三木水再次照本宣科一遍：「時過境遷，但我覺得表叔的想法是不會改變的。」

每個人面對痛苦時，總會有不同的反應，好比很多人都會說的那一句「我不好過，也不會讓你好過」。當然，大部分人只是會對害了自己的人，或者是自己的仇人這麼說，但是也有少部分人即便與別人無冤無仇也愛這麼幹，就是俗稱的報社——報復社會。好比明知道自己有愛滋病，卻依舊在亂交，禍害別人的人。

晴九面對痛苦，想的卻是希望沒人再與他一樣。

一生起起伏伏，經歷過無數高潮與低谷的三木水，再一次被輿論捧上了天。面對這些言論，三木水只是淡淡一笑。與其說他寵辱不驚，倒不如說他已經麻木了，畢竟總會有人看他不爽，卻也還是會有人始終如一的喜歡他。

世界變化太快，他只求那些愛他的人不變。

至於那些騎牆派……

「有時候真的覺得那些人很莫名其妙，他們只看過我寫的文字、我拍的電影，連認識我都還談不上，卻總是一副很瞭解我的模樣，惡意揣測我，說著討厭我、恨我的言論。真不知道他們討厭在哪裡，又恨在哪裡。我是說，他們說討厭我的書，討厭我的行文方式，ＯＫ，我理解，但是討厭我這個人，又從何而起呢？」

很多年後，三木水在他的自傳這樣寫道。

「阿謙說那些人其實恨的不是我，而是他們腦補中的我。我覺得這話很有道理，所以只要他們沒有傷害到我的家人和朋友，我就從不與他們計較。不過要是他們敢越雷池一步，我也不會介意和他們算算總帳。」

承澤親王獎推動了《世界》的票房，《世界》也被稱之為最成功的文學作品，既有文學價值，又有罕見的商業價值。

再沒有誰能超過《世界》——這樣的評論雖然說得滿了一點，卻幾乎沒有人反駁。

而祁謙憑藉天界之主一角，更是在全球範圍內紅得發紫，以一個不是主角卻勝似主角的神奇角色，超越了整個劇組演員影響力的總和。

在電影週刊一年一度公布的影響世界的百位角色中，祁謙甚至超越了他自己以及祁避夏過去的角色，成為了第一。

「不可複製的經典。」

「無冕之王。」

「祁謙年。」

無數媒體雜誌對祁謙的形容已經越來越聳動誇張。

就在這個風口浪尖，祁謙反而變得深居簡出起來，要多低調就有多低調，推拒了全部的通告，無論是廣告又或者是綜藝節目。

不少粉絲都在猜測殿下這回不會又開始發懶躲在家裡看動漫了吧？

網路論壇上關於祁謙的去向投票裡，宅在家裡看動漫這個選項高居榜首，緊隨其後的是宅在家裡吃好吃的……總之是宅在家裡偷懶不準備出門了。

回覆的留言裡有一樓粉絲是這樣說的：「因為殿下，我堅定了未來的事業——漫畫家！早晚有天混成大大，勾搭殿下，他想看什麼，我就給他畫什麼。」

樓裡不少人竟然都覺得這是和偶像親密接觸的好辦法，唯一的矛盾就是——你未必能混成大咖，即便你成為大咖了，殿下也未必喜歡看你畫的類型，機率太小了。

不過，雖然嘴上這麼說，但身體還是很誠實的，真的有不少人事後因為這個奇葩的理由從事了漫畫業。

很多人響應，堅持下來的卻只有少數，成為大咖的更少。

而緣分最奇妙的地方就是，祁謙喜歡上的一個漫畫家，還真就是當初發帖的粉絲。

當然，這都是很多年以後的事情了，壓下不表。

◎◆◎◆◎◆◎

現在的祁謙正忙著籌備新電影，而不是像粉絲猜測那樣懶在家裡看動漫，雖然他很想那麼做，但他更想獲得小金人！

祁謙終於接了一個主角的劇本，對小金人發起了角逐的信號。

新劇本叫《時間重置》，是個以現世為藍本製作的科幻片，聽名字很高大上，內容……也滿高大上的。

用福爾斯的話來形容就是這部電影的內容過於科幻晦澀，燒錢死邏輯，粉絲不好買帳。

這句話也是一語成讖，在電影發布會後，網路上的主流思想就是這個，大部分祁謙的粉絲都覺得這部電影一定是一個探討人生哲學、宇宙奧秘，看完整場電影都不知道講了點啥的藝術電影，以枯燥和乏味為主基調，能帶給人一個半小時的優質睡眠體驗。

「我就說吧。」福爾斯正在看著網路上的評論，笑得……呃，如果他過去那一身肉還在的話，就能形容為彷彿肉肉都在顫抖。

「你敢表現的稍微不這麼嫌棄自己的劇本一點嗎？」蛋糕在一邊一臉鄙視。

自己的劇本？

是的，沒錯，祁謙要演出的《時間重置》，劇本正是出自福爾斯之手。

作為電影學院的三年級生，福爾斯對自己的劇本其實並沒有多少信心，甚至一開始他都沒打算讓祁謙他們知道，他只是在提前籌備自己的畢業作品。哪成想這個劇本卻被和他一直都有聯絡、並玩得很好的嚴義看到了，這才有了後面的一連串事情。

嚴義就是當初祁謙拍《神筆達生的奇幻世界》的編劇，導演是他的哥哥嚴正，當初兄弟倆一起堵祁謙堵了有一段日子，結果反而堵到了除夕注資，然後祁謙加盟，最終電影大獲成功，被譽為小成本電影的大逆襲。

當初嚴正、嚴義兄弟曾和祁謙約定，他們一定會做一部能讓祁謙父子一起演的電影。

如今這對已經成功躋身一流導演、編劇行列的兄弟，吃水不忘挖井人，來找祁謙兌現他們的承諾了。電影的最初劇本，就是福爾斯這個生澀的本打算當作畢業作品的劇本。

當然，送到祁謙手上的劇本，肯定是後期經過無數次修改、嚴義整個編劇團隊共同討論之後的成品，與福爾斯最初的劇本有著很大的不同，唯一沒變的差不多就是福爾斯的創意和電影名字。就目前的情況來看，這部電影名字，粉絲還不太買帳。

每一次修改時，嚴義都會徵求福爾斯的意見，福爾斯同意了，他才會大刀闊斧的修改。福爾斯對此也沒有任何意見，甚至是欣喜的。總編劇的名字還是福爾斯，編劇團隊才是嚴義等人，絕對的尊重福爾斯這個原創。

只是……福爾斯對自己還是很沒有信心。

「我的創意真的很好嗎？我總感覺沒人會喜歡。」

福爾斯的劇本之所以能被嚴義看上，就是因為他的創意。

「我不知道別人喜不喜歡，我只知道，我肯定會喜歡，而我手下的兵們……」司徒卿是這麼安慰福爾斯的，「不喜歡也得喜歡，這是我唯一會出錢讓他們當作娛樂觀看的電影。」

「哪有你這麼霸道的。」福爾斯看了一眼自己的戀人。

「不是霸道，而是我已經為他們選擇了最好的。服從命令是軍人的天職，長官需要做的就是為他們選擇最好的一條路，我相信我的選擇就是最好的。」司徒卿很認真的注視著福爾斯，一字一頓道：「你就是我覺得最好的。」

後來發生了什麼就不說了，因為說了就要被貼馬賽克了~

總之，福爾斯身心都被司徒卿安慰得很舒暢，終於不再那麼擔心了，他開始改為自己吐槽自己的電影，用他的話來說就是：「我先把能吐槽的都吐了，也就不再怕別人說了。」

祁謙瞥了一眼福爾斯，沒說話。

只是在晚上吃飯的時候，全家人面前都擺放著費爾南多和除夕親自下廚做的各種美味，魚肉海鮮應有盡有，還有皇太孫從帝都皇宮空運來的……御廚，他現場為每人製作了一道依據個人口味不同而做出的特殊甜品，奶香濃郁，柔滑順口，讓人吃了一口就回味無窮。

唯有福爾斯小可憐一個人被默默發配了角落，一碗米飯、一盤青菜，再無其他，連飲料都沒給，只有白開水。

「我到底做錯了什麼？」福爾斯憂傷極了。

「我要是祁謙哥哥，我連飯都不給你吃。」故意端著甜品蹲到牆角饞福爾斯的蛋糕如是說道。

「Why?!」福爾斯發出了來自靈魂深處的吶喊。

蛋糕啊嗚一口將甜品送進嘴裡，瞇眼，一臉的享受道：「簡直太好吃了！」

「妳想饞死我就直說！」對比著自己面前的小青菜，福爾斯覺得自己簡直是丫頭養的。

蛋糕這才哼哼了兩聲：「這麼簡單的事情都想不明白，怪不得不讓你吃飯呢！我問你，《時間重置》的主演是誰？」

「祁謙和祁避夏叔叔啊。」福爾斯的電影是雙男主角，沒有女主角，因為故事裡沒有愛情線。福爾斯覺得自己這個年紀不太適合寫愛情，達不到那個深度，自己理解不了，別人也很難體會，所以他果斷的掐了愛情線，準備走一條很少有人走的路——故事裡不參雜任何愛情，只有親情和友情。

「那不就得了。」蛋糕聳肩。

「怎麼就得了？」福爾斯還是沒能理解。

蛋糕長嘆一聲，抬手摸了摸福爾斯的頭，「以前挺聰明一個人，怎麼談了場戀愛，智商就徹底沒了呢？祁謙哥哥以前選擇過不好的劇本嗎？演出過沒有票房大賣的電影嗎？哪怕是只出場了幾分鐘的《The Family》，現在都要開始拍第三集了，對不對？」

福爾斯還是有點不明白，「這些我都知道，祁謙很強，但跟他罰我不吃飯……」

蛋糕挑眉看著福爾斯，沒有開口，因為福爾斯停住的表情就像是在說他好像明白了。

「……你是說，祁謙氣的是我對自己電影的吐槽？」

「廢話！你也不想想祁謙哥哥那麼自信的人，做事從來都要達到完美，永遠都只會選擇最好的劇本，要不寧可不演。他選了你的劇本，你說這代表著什麼？這代表著他很看好你，覺得你一定會成功啊白痴！你一而再，再而三的跟祁謙哥哥自嘲，你說他能高興嗎？你不懂是在質疑自己，也是在質疑他的眼光！」

「我、我以為他答應演出是因為我和他的朋友關係。」跟祁謙相處久了的人都會知道祁謙的護短程度，雖然他總是一副淡淡的好像對誰都無所謂的樣子，其實他在乎著呢。

蛋糕給了福爾斯一個更加鄙視的眼神，「你想太多了，你還沒重要到那個程度。」

「……」最後這句話不加也是可以的。

最後，福爾斯還是吃上了正常的晚飯，費爾南多幫他留了一些，「吃完之後冰箱裡有甜品，阿謙特意留給你的，他其實不是有意……」

「我知道，費爾叔叔你放心吧，我沒生祁謙的氣，我知道他其實也很關心我。」福爾斯搶先一步打斷了費爾南多的話，笑著回答。

費爾南多點點頭，「你是個好孩子。阿謙雖然沒說，但我們都看在眼裡，他真的很喜歡你寫的劇本，很重視它，這樣的勁頭我只在他演艾斯少將的時候見過，他可是要靠你這部電影奪下小金人的。你對電影既期待又害怕，我們大家也是看在眼裡的。這麼多天阿謙一直在想辦法讓你對自己有信心、想安慰你，但你知道的，他智商高，情商卻……」

等費爾南多離開後，福爾斯吃完飯在冰箱裡找到了密封的很好的甜品，小小的挖了一勺放進嘴裡。他想著，蛋糕真的是說對了，這個甜品真是好吃極了。

甜進了心裡。

對於新電影很忐忑的並不只福爾斯一人，真正意義上第一次回歸大螢幕的祁避夏其實也很害怕，半夜他在床上輾轉反側，怎麼樣都睡不著。

費爾南多躺在一邊，在心裡長嘆一聲，安慰了小的又要來處理這個大的。

「怎麼了？」

「你說我能演好嗎？」

「《天下》的第三季大獲成功都沒能給你信心嗎？」

「那不一樣。」

「怎麼不一樣了？在我看來就是一樣的，都是演，有什麼區別？《天下》也是在電影院播放的。」

「不是電影、電視劇的區別，而是……是角色問題。」祁避夏終於還是開口了。《時間重置》裡，祁避夏演的是祁謙的哥哥，而不再是父親。

「大家會不會覺得我在裝嫩？」

「不用裝，你本身就沒長大！」費爾南多笑了。

「跟你說正事呢，沒開玩笑。」祁避夏有點不爽的鼓起臉。

「我也沒開玩笑啊。你才多大？本身你只比祁謙大了十幾歲，當爹才反而顯得不正常，好吧？」

演藝圈沒有真正的年齡限定，二十幾歲的年輕人可以演中年人，中年人也可以演青澀的大學生，真真假假，根本分不清楚，祁避夏這個年紀正是進可攻、退可守的黃金年齡。

「可我就是謙寶的爸爸啊，大家都知道這個，看見我們倆演兄弟不會出戲嗎？」

「那就努力演得讓觀眾不出戲，讓觀眾真的以為你們是兄弟，這不就是你的工作嗎？成功了才算是本事，對吧？」

「你說的好像有點道理。」

「最重要的是，你明天還要不要陪你兒子去跑步了？現在可不早了，明天早上要是起不來，除夕……」

「我睡了！晚安！」斬釘截鐵！

◎◆◎◆◎◆◎

福爾斯寫《時間重置》的靈感，來自近一、兩年在網路上興起的「時間重置猜想」。

這個猜想最早起源於某個網路論壇上的一篇帖子，大致內容是樓主猜測其實在LV市雙子座爆炸時地球就進入了世界末日，所有人類都死了，後來地球的時間軸線被重置，由某個特定的人或者特殊的團隊回到過去拯救世界，人類這才又活了下去。

這篇帖子的主要理論依據，也就是「證據」，則是由樓主和後面的網友共同提出再歸納整理的「很多人在看到某物某人，或者遇到某事某個場景時，會有一種似曾相識的感覺」，以及某些名人——好比明星、政要——大家都覺得對方死了，卻發現對方還活著，又或者以為對方早死了、對方又突然死了第二遍。

那篇帖子後來像是傳染病毒一樣，迅速在網路上蔓延，各大社交論壇、社群網站、即時通訊軟體上到處都是，引起了一陣社會恐慌，不少外國人至今都還相信著時間重置的猜想。

當然，這個猜想如今已經被C國皇家科學院中著名的學術機構之一的相關研究小組的研究員推翻了。

「似曾相識的感覺」是一種人體大腦記憶的錯構和嫁接。早在很多年前心理學上就有相關的學術名詞。

至於名人死亡，或者是二次死亡的原因，則是媒體在胡亂報導後沒能及時澄清而造成的誤會。不少明星都被謠傳過死亡，包括祁避夏，他的死因是飆車身亡。

福爾斯所寫的《時間重置》，就是以如果這個猜想是真的為藍本展開的故事。

時間重置和現在流行的「重生」是個比較類似的概念，只不過重生是其中某個人回到過去，而時間重置則是所有人都回到過去，並且大家都失憶了，只有少數人潛意識裡還有一些印象，透過生活中與記憶不同的蛛絲馬跡，最終推斷出真相。

這種時間重置，導致很多人、很多事情都發生了改變，好比該遇見的人沒有相遇，該死去的人卻活了，而該活的人卻死了。

祁謙在電影裡就演他自己，當紅演員、新晉影帝祁謙。

「你不是一直想拿小金人嘛？哥們在故事裡提前讓你享受一把！你要是覺得不解氣，我還可以強烈要求加一段小金人評審委員會跪求你領獎的酷炫場面。」福爾斯對祁謙介紹角色的時候，整個人都是眉飛色舞的。

對於祁謙始終沒拿到小金人影帝這件事，祁謙身邊人的反應比祁謙自己都大，而祁謙的粉絲們更不用說，每到小金人頒獎典禮的那個月，他們在網路上都會特別暴躁，看誰都覺得不順眼。

當然，粉絲這個言行也給祁謙招來了一些麻煩，拉了不少仇恨值。

阿羅很是費了一番勁才把事情的影響降到了最低，沒讓祁謙徹底變成祁避夏那樣——演藝圈的仇人能從LV市一路排到帝都去。不過也自此，祁謙的腦殘粉一戰成名，誰都知道祁謙的粉絲不好惹，除非有事實依據，否則沒誰敢再隨意說祁謙的不好。

連祁謙自己都說不清這樣到底是好，還是不好，他只是對福爾斯說：「按照原劇本來就行。」他是要奪下小金人，不是藉著電影諷刺評審們然後把人得罪光了。

「我這不是跟你說著玩嘛！」福爾斯也是知道輕重的，只是開開嘴炮，幫祁謙解氣。

「謝謝。」

要說對評審始終不給自己小金人這件事祁謙沒有一點怨氣，那絕對是騙人的。第一次他沒拿獎，可以說是自己太年輕，但是當第二次、第三次、甚至越來越多次之後，聖人都能被氣出三分火氣，更何況祁謙還不是聖人。

只不過祁謙把這個火憋在了心裡，表現出來的外在形式是「老子一定演一部無可挑剔到讓你們再找不出碴的電影來」！

憑藉著這口氣，祁謙走到了今天。演戲是他的興趣，得獎則是對他努力的證明，兩者他都不想失去，也終將會成功！

福爾斯這部電影與現實的聯繫是十分緊密的，除了祁謙演出他自己，不少角色都是直接請本人友情客串，好比蛋糕這個皇太孫的緋聞女友，以及皇太孫本人，甚至包括三木水、森淼、費爾南多、福爾斯自己的爸媽以及除夕，那是一個都沒放過，能用的全用上了。

當然，這些足夠大牌但畢竟不是演員這個本職工作的名人，也就是在電影裡露個臉，名字出現在字幕上「友情客串」之後而已。

重頭戲還是祁謙這個男主角，以及祁避夏。

祁避夏在《時間重置》中的角色是兩個，一個是照片裡的自己——已故巨星祁避夏，一個則是祁謙的養兄祁和。

祁和完全是個因為劇情需要而虛構出來的人物。

《時間重置》故事一開頭，就是世界的時間已經被重置，退回到了雙子座剛剛爆炸的時候。A座爆炸，B座裡名流雲集，好比影帝祁謙、皇太孫以及他的女友、前著名球王費爾南多和蘇蹴等人，他們正衣著光鮮的準備參加大神三木水的新書發表會。

電影一開始，是祁謙在家中換衣服準備出門，劇組用了一個十分引觀眾注意的小細節來區分時間重置的前後。

重置前，祁謙拿出來準備配自己領帶顏色的袖扣，是一對低調的鉑金袖扣。而就在祁謙準備換上袖扣時，他放在更衣室外面的手機響了，於是祁謙放下袖扣去接電話。

畫面後期會加入特效，在這裡發生一些扭曲的影像，用以暗示時間的重置。

離開隔間的門，重置之後的祁謙接起了朋友福爾斯打來的電話。

沒錯，福爾斯。就是這麼喪心病狂，福爾斯連他自己也沒放過，直接用在了電影裡，不過他本人倒是沒有親身上陣，而是選了一個看上去像白麵饅頭一樣的球形身材的演員。

「惡搞起你自己，你可真是不遺餘力。」蛋糕如是評價。

福爾斯的回答是從劇本角度出發的一本正經：「每個主角身邊總要有一個搞笑的角色，即便我們這是個正劇，也需要這樣一個人來活躍氣氛，問些傻問題。我覺得以前的我挺適合的，胖胖的容易產生親和感。可惜我現在瘦下來了，只能找別人。再說了，『我』這個角色占的戲分比較大，不上科班演員根本不行。」

電影裡，祁謙假裝自己正在打電話，彷彿電話那頭真的有人似的：「找我有事？」

劇本裡的「福爾斯」的回答道：「誒？我打電話給你要幹什麼來著？」

這也算是一個證明了時間重置的點，不過觀眾看不看得出來都無所謂，本就是個搞笑情節，吸引人用的。

等兩個人短暫的鬥完嘴，祁謙就會掛斷電話回到飾品的小隔間，而等在那裡的袖扣已經變成了一對染血的猩紅寶石。

祁謙卻面色如常的彷彿自己一開始挑選的就是那對寶石一樣，佩戴在了袖口。

偌大的試衣鏡裡，猛然出現了祁避夏的臉。

「啊——」蛋糕發出了尖叫。

「……姐姐妳幹嘛？我們這拍戲呢。」福爾斯算是服了蛋糕了。

「你確定你拍的是科幻片？不是恐怖片？」蛋糕沒看拍攝，看的是前期的劇本，真的描寫得有點鬼氣森森，「祁避夏叔叔的角色到底是怎麼回事？」

「祁避夏叔叔演的祁和，是祁謙的養兄，和祁避夏長的一樣。時間重置前，祁避夏一直活著，在祁謙小時候收養了比祁謙大的祁和；但在時間重置之後，世界以前很多的東西被改變了，好比沒有死的人死了，這個人就是電影裡的『祁避夏』，他早早去世了，自然也就收養不了祁和，時間重置之後祁謙也就沒有了哥哥，懂嗎？」

祁和是唯一還記得重置前後事情的人，也知道自己和祁謙已經不再是兄弟，祁謙根本不認識他，但他還是來了，想要警告祁謙不要去雙子座，因為A座會爆炸。

這些就是如今他們在拍的情節。

祁謙忘記了祁和，以為他是陌生的闖入者，差點報警抓人，並在最後還是去參加了三木水的新書發表會，然後見證了隔壁A座的爆炸。

X月O日　最後一篇日記

粉絲的逆襲

《時間重置》上映之後，曾在官方網站上推出來一個相關的電影情節問答活動，獎品豐厚，不少人都抱著爭當分母、拉低獲獎率的心理去參與其中。

問答活動裡，其中一個問題就是：假如你是祁謙，在電影一開頭發現家中一個闖入者告訴你著名的地標性建築會爆炸，並且那棟建築真的爆炸了，在事後你會如何應對？不以電影真實發展為基礎，改編一篇一百五十字以內的微小說。

這些微小說內容五花八門，還真的有不少精采的神展開和令人捧腹大笑的小梗，但最終大家公認的還是原著裡祁謙的反應才最像是正常人的反應——覺得對方其實是個有追星傾向的恐怖分子，又或者是有臆想症、為了取信偶像而真的炸了雙子座的神經病。

電影後來允許在網路上播放的時候，有不少彈幕都在刷「殿下別鬧，那是你爹陛下啊，明明是同一張臉」、「以我殿的智商肯定早就猜到了，不過是逗著陛下玩」之類的言論。

但大家都不能否認的是，比起相信「對方來自未來，自己其實已經死過一次，世界時間重置」等扯淡說法，他們更願意相信神經病或者是恐怖分子的論調，畢竟以祁謙現在紅的程度，遇到這種人的可能性還真不是一般的大。

隨著電影劇情的不斷深入，憑藉著祁避夏和祁謙父子的精湛演技，這樣的彈幕越來越少了，甚至在電影結束後，有不少人都產生了一種不知道什麼是真實、什麼才是虛擬的感覺。

「看完電影之後成功被洗腦……」

「陛下其實是殿下的哥哥祁和，而不是原裝的陛下了吧？」

「為了假裝自己是陛下，祁和大哥也是滿拚的呢！」

當然，這些彈幕裡玩笑成分居多，卻也是一種側面的讚美，讚美《時間重置》的成功。如何評價一部電影的成功？

讓人們在看電影的過程裡，相信它是真實存在的故事，充分理解了電影裡要傳達的情感與正確的三觀。等看完之後，又會恍然，這只是一場電影，並遺憾它從未真實存在。

「本故事純屬虛構」這句話在電影中出現了兩次，播放之前一次，結束之後一次，還是用的是分外醒目的紅色字體。整個偌大的螢幕上就只有那一行字，維持了好一會兒，足夠讓人們清晰的明白這真的只是電影。

不少專家學者對電影的這個做法給予了高度的肯定和評價。

「太真實了。」

粉絲們在離開電影院，或者在家中看完《時間重置》之後，都要感慨這麼一句。電影裡才智雙全的祁謙，視弟如命的祁和，甚至是負責搞笑的「福爾斯」，都讓觀眾深深的記住了他們，並且久久無法忘卻。簡單來說就是他們被震撼了，不是來自視覺，而是心靈。

祁謙的影響力再一次擴大，很多媒體報紙都很誇張的表示，這個世界上現在還不知道祁謙名字的人大概才算是少數了。

以前無論是在世界上還是C國本地，大多數人都會用「殿下」、「少校」、「大祭司孔蒂」、「天界之主」之類的代稱來形容祁謙，這是第一次，無論是不是祁謙的粉絲，都能準確的叫出祁謙的名字。

好吧，雖然說「祁謙」這個名字準確來說也是電影裡主角的代稱。

但好歹祁謙這個名字達到了足夠的推廣，成功讓很多人把對電影裡祁謙這個角色的好感轉移到了祁謙本人身上。

電影的主角直接借用祁謙的名字和人設，其實是個很冒險的決定，劇組所有人都不知道觀眾對此的接受程度如何。幸而事實證明了兵行險招的這一次他們是賭對了，觀眾很買帳，十分喜歡。

對此，祁謙是感受最直接的人，他已經好些年沒有動靜的五尾君終於要長出來了。

「我要成年了。」

祁謙在感受到這個變化之後，整個人就開始進入了一種十分亢奮的狀態。

除夕聽到後，身體不由自主的僵硬了一下，那是期待已久，當終於面對寶物時卻又不敢打開的近鄉情怯。

對於祁謙成年的事情，除夕既期待也害怕，期待的是祁謙成年之後能愛上自己，害怕的是祁謙成年之後愛上的是別人。

雖然除夕會無條件的支持祁謙的每一個決定，哪怕祁謙愛上別人，除夕也會努力幫祁謙完成願望。

可事到臨頭，除夕才發現他遠沒有自己想像的那麼大方，占有欲蝕骨鑽心，每天都在折磨著他。一想到祁謙有可能會屬於別人，他就恨不得毀天滅地，比起祁謙愛上別人的可能，除夕覺得自己更喜歡現在這個狀態——祁謙永遠都不會長大，即便不屬於自己，也永遠都不會愛上別人。

除夕握緊了自己的手，直至指甲扎進了肉裡，才喚回了自己的理智。他暗暗對自己說：你不能這麼自私，你不能這麼惡毒，你不能剝奪祁謙長大的權利，也不能剝奪祁謙愛上別人的權利。

反正最終陪在祁謙身邊的只有同樣長壽的他而已。

——對啊！只有我！

——而且，誰知道祁謙會愛上誰呢，萬一他愛的是我呢？

除夕終於因為這個猜想，壓下了自己內心深處的暴虐情緒，在祁謙發現自己的不對勁之前，儘快的轉移了祁謙的視線，說道：「是嗎？恭喜啊，你要長出來第五條尾巴了。以後有什麼打算嗎？」

「拿到小金人！」

「……」

那一刻，除夕特別想學祁謙的那些粉絲在《時間重置》裡一樣，刷一行「已充分收到我殿對小金人的怨念」、「收到＋1」、「收到＋N」什麼的彈幕。

「除了這個呢？」

「拿到小金人以後，去嘗試演演舞臺劇吧。月沉伯伯邀請我好多次了，不過在演舞臺劇之前我要好好休息一下，動漫和好吃的一個都不能少！」

「我是說感情方面的。」除夕覺得他就差在臉上寫上「伴侶人選」四個字了。

「陪費爾回B洲看看？」

撫養費爾南多長大的塔茲嬸嬸，對祁謙這個費爾南多的便宜兒子是真的視如親孫，慈祥又和藹，祁謙也很喜歡這個雖然不會說C國語，但卻為了他和祁避夏而不斷努力學習的塔茲奶奶。即便祁謙告訴塔茲，他其實會說B洲語，而祁避夏也會努力學習，但塔茲還是堅持要自己學習C國語，因為她覺得家人之間的尊重是相互的。祁避夏和祁謙為了融入她的家庭而學習B洲語，她自然也能為了和祁謙與祁避夏溝通而學習C國語。

從塔茲身上，就能看出費爾南多的陽光性格是如何養成的。所謂言傳身教，大概就是這個樣子。即便父母早早去世，費爾南多在塔茲辛苦的教育下，還是健康成長了起來，無論是身體還是性格。

「十分感謝您把這樣的費爾送到我身邊。」祁避夏曾這樣鄭重其事的對塔茲嬸嬸說過。

塔茲嬸嬸笑起來的時候最可親，「不是我把費爾送到了你身邊，而是光明神聽到了費爾的祈禱，才安排了你們相遇。」

塔茲嬸嬸是個虔誠的光明神教教徒，在祁謙演出了孔蒂之後，那個他演的短短片段，塔茲嬸嬸看了無數遍都不嫌膩。

「費爾以前又不認識我。」祁避夏失笑。

塔茲嬸嬸神秘一笑，帶著人老後的頑童色彩，衝著祁避夏狡黠的眨眨眼，「費爾肯定不好意思告訴你，其實在他很小的時候，他就喜歡你了，他總是指著電視裡的你說，長大之後要娶你當新娘。」

「！！！」

一見鍾情是個老套的故事，粉絲與偶像在一起的童話也很狗血，但是偏偏費爾南多成功了，在祁避夏覺得當他「墮落」之後他過去所有的影迷都背棄他時，遠在B洲的費爾南多卻始終如一，無論他變成什麼樣他都喜歡他，更期待著有一天能與他見面。

費爾南多一手的好廚藝也繼承於塔茲，祁謙每次都饞得不行，聽除夕這麼一說，他表示他確實該和費爾南多還有他爸爸祁避夏去看看塔茲奶奶了。

「除了親情呢？」除夕無奈極了，等說完親情又趕忙想起來補充：「也除了友情。」

「那就沒了吧。」祁謙不太確定的想到。

「……」你還真是把α星人沒成年絕對不考慮愛情這個定律很忠實的遵從到底啊！

除夕決定挑明了問：「我是說愛情，你也該開始考慮伴侶的問題了吧？」

祁謙皺眉，雖然他心裡對此其實是有著一個模糊的概念的，但是在他沒有長出來第五尾時，不開竅就是不開竅，他始終無法明白自己內心到底在渴求什麼，所以他最後對除夕說的是：「沒考慮過。無所謂吧，只是伴侶而已。」

那一刻，除夕也不知道他該如何形容自己的心情，有放鬆，也有……失落。不可否認，曾有那麼一刻，他在瘋狂的祈禱、奢望著祁謙也能愛上他。

◎◆◎◆◎◆◎

年底，祁謙和祁避夏再一次一起出席了小金人的頒獎典禮，作為壓軸出場，緩緩走上了禮堂前的百階高臺。

夜幕降臨，鎂光燈閃成一片，伴隨著粉絲如潮的尖叫聲，祁謙向著最光明的頂端堅定的走去。這一次他一定會成功，他這樣對自己說。

何娟覺得她這輩子做過最瘋狂的事情，就是喜歡上一個小她近十歲的男人，還一喜歡就是十五年，從考上高中之後到而立之年，明知道對方不會喜歡自己，甚至都不會知道她的存在，她也依舊喜歡得無怨無悔，大概這輩子都不會放棄。

也就是俗稱的「追星」。

考上高中的那年暑假，何娟打開電視看到了《因為我們是一家人》，她清楚的記得當時的每一個細節，那是第一季第三期上集的重播，祁謙正面無表情卻溫柔細心的蹲下幫蛋糕繫鞋帶。

只一個側臉，就讓何娟淪陷了。那張面容精緻到彷彿來自二次元的男孩，性格理智而又冷淡，眼神裡卻又有著矛盾的溫暖。

隔著電視螢幕，何娟忍不住問了一句：「這真的是真人嗎？」

那一刻，何娟明白了什麼叫一箭穿心，卻也同時清楚的知道，她這輩子都不可能和對方在一起。年齡差距是一方面，更多的還是別的外在條件，祁謙是她百分百的男神，她卻成不了祁謙的百分百女神。甚至她這輩子大概都不會和祁謙有什麼交集，他不會喜歡他，不會和她在一起，但她依舊想喜歡他，無法自拔。

有時候戀愛就是這麼玄妙，不需要對方喜歡妳，甚至都不需要對方認識妳，只要妳喜歡他就可以了，那樣青澀而又甜蜜的暗戀，是少女的特權。何娟從未覺得這樣的自己有什麼問題，頂多是別人和暗戀對象隔著的是教室和學校，她和男神隔著的是電視機而已。

在徹底淪陷之後，何娟就用沒有暑假作業的那一個夏季，開始在網路上瘋狂的搜集一切和祁謙有關的東西，她註冊了祁謙的粉絲俱樂部，加入了即時通軟體的粉絲群組，申請了微博帳號只關注祁謙一人，隨著一個個有關於祁謙的私人論壇成長起來，她甚至成為了祁謙官方後援團的中堅力量，成為了粉絲團體中所謂的管理者。她倒是沒有學別人那樣瘋狂的跟蹤祁謙，或者是跟著祁謙滿世界跑，但她的戰鬥力強悍，容不得別人說祁謙半句不好，總要和黑粉「戰鬥」到底，且因毒辣的口吻而被小粉絲所「憧憬」。

最瘋狂的時候則是，網路上哪裡有祁謙，哪裡就有披著馬甲的何娟。她為他投票，為他宣傳，為他與黑粉對掐，央求父母訂閱祁謙主演的電視劇《人艱不拆》、場場不落的反覆去電影院為祁謙貢獻票房……何娟做了一個粉絲能為偶像做的一切，在她力所能及的範圍內。

最後，她甚至為了祁謙，考上了ＬＶ市的大學，哪怕明知道即便生活在同一個城市她也未必會遇到祁謙，但她還是義無反顧的來到ＬＶ市，只為能在心靈上感覺與祁謙更近一些。

何娟大學讀的是經濟系，就是祁謙所在的那所大學，可惜沒能和祁謙同系，數學系要的分數實在是太高了。其實即便何娟讀了數學系，也還是無法和祁謙做同學的，因為當她是大學生的時候，祁謙已經在攻讀博士班了。

那就是她的男神，這就是她和她男神的差距。

何娟沒有失落，反而以此為榮，她從不吝嗇的告訴身邊任何一個人，祁謙就是她喜歡的人——不是喜歡的明星，而是人。

可惜沒人在意，他們只會對她鄙視的說，追星是多麼不理智的行為，而且她都這個年紀了，還在像小女生似的追星，很 low 誒。

她總會反駁：「那是別人，那是別的明星，不是我，也不是殿下。」

再沒有任何一個明星能比祁謙更優秀，這不是何娟個人的想法，而是所有人公認的，學習好、體育好、長相好、家世好……除了有一個不省事的父親，祁謙近乎完美。

「我喜歡這樣的殿下不是一件很正常的事情嗎？比起身邊那些只會對著電腦擼啊擼，思想猥瑣，又總覺得別的女性貪婪拜金的猥瑣男，殿下不知道要好多少倍，我為什麼不能喜歡他？」只是她和他之間不會有什麼結果而已，但又有多少人能和男神修成正果呢？

經濟系碩士畢業之後，何娟實在是跟不上男神的步伐，只能飲恨去了LV市一家外資企業工作。

自此，由於工作上的忙碌，何娟不得不收起了學生時代的瘋狂，卸下了所有祁謙論壇的管理員任務，漸漸從祁謙的各色粉絲團體中淡去，只留下一個個傳說。後輩們說又一個「大前輩」退圈，離開了她們。只有何娟知道，她只是不再混團體了，但那顆愛祁謙的心卻從未改變，她依舊會關注祁謙的新聞，依舊會去看祁謙的電影，只是不再混圈。

年過而立，已經成為三十歲標準白骨精（注：白領、骨幹、經營）的今天，何娟依舊會在屬下不知道的時候，一臉蕩漾的看著螢幕裡的祁謙，那個裝點了她整個少女時代的男神。

看著祁謙一次次的挑戰小金人，又一次次的失敗，何娟暗暗不知道心疼了多久，而她唯一能做的，只是在和友人一起逛街逛累了提議休息的時候說：「我們去看祁謙的電影吧。」無論何時何地，只要有祁謙的電影在上映，何娟就一定會去刷很多遍，和不同的人，又或者是獨自一人。

「這麼多年了，妳還喜歡祁謙啊？天吶，妳怎麼還沒長大？」友人這樣笑著她。

何娟不再和友人辯解爭吵，也不再因為別人對祁謙的口氣而不滿，她只是安靜的坐在一邊微笑，淡淡的說上一句：「嗯，就準備吊死在這棵樹上了。」

過去，她以為強迫所有人都喜歡祁謙才是對祁謙的愛，但效果卻沒有那麼成功。

現在，她決定換一種低調的愛祁謙的方式。她把她曾經年少時，因為沒有錢又不想花父母的錢，而沒辦法送給祁謙的東西一一補上；從她認識祁謙開始那年的六歲生日，一直到如今的二十多歲，一年一份生日禮物，一份比一份昂貴，都是那個年紀的男孩會喜歡的東西，一一寄到了祁謙所在的經紀公司。她還買了無數張祁謙飾演的各部電影的光碟片、周邊，擺在自己的家裡，只看著就有一種奇怪的滿足感。

又是一年小金人的頒獎典禮，何娟換下身上昂貴奢侈的職業套裝，早早請假來到了典禮舉辦的廣場前，站上了她花錢雇人從昨晚就開始在這裡代為站位排隊的位置，懷著最激動的心情，在夜幕完全降臨之後，等到了她的男神。

看著祁謙從自己身邊走過，何娟本想學著身邊的小粉絲們那樣聲嘶力竭的吶喊，卻在祁謙靠近的那一刻，失去了聲音，她屏住呼吸，愣愣的看著祁謙與自己擦肩而過。

別走——何娟想這樣說。

可惜沒有人能夠聽到她內心的吶喊。

祁謙穩健的走過紅毯，只留下一個挺拔的背影。

那一刻，何娟莫名其妙的淚如雨下，她已不再年輕，而他的時代才剛剛開始。即便無數次的在心裡對自己說：「他不喜歡我又如何，我喜歡他是我的事，與他無關。」但終究還是耗不起了吧，何娟想，她始終是要長大的，就像她早已與身邊這些小粉絲們格格不入一般，她與祁謙也只能漸行漸遠。

鬼使神差的，就在祁謙即將進入禮堂的那一刻，何娟終於在震破天際的尖叫聲中，用盡全身的力氣喊出了那一句：「祁謙，我喜歡你——！」

可惜，個人的力量追究是敵不過團體，哪怕何娟覺得自己喊得嗓子都已經破了，她的聲音依舊被淹沒在人山人海的山呼海嘯裡。祁謙聽不見，也不會回頭看她一眼，他不知道，隔著遙遠的螢幕，有個人近乎神經病一樣的愛了他十五年。

就在這個時候，祁謙回身了。

他站在禮堂門口的最高點，燈光為他打上了一層曖昧的朦朧光芒，彷彿他渾身都在發著光，璀璨又奪目，讓人根本移不開眼睛。他回首紅毯兩側的粉絲，帶著與生俱來的優雅氣質慢慢揚起兩片薄唇，一雙似深潭的黑眸如夜空中最亮的星，滿目情深，就好像在遠遠的說：妳的喜歡，我收下了。

全場在那一刻陷入了某種詭異的沉寂，一秒鐘後，粉絲們再一次爆發出了直破雲霄的瘋狂尖叫。

何娟也忘情的參與其中。

她想著：值了，無論他有沒有聽到我的聲音，有沒有看到我，只是這一眼，這十幾年就值了！

——那就是祁謙，我的殿下！

廣場的大螢幕上，開始實況轉播禮堂裡的情況，何娟忘記了凜冽的夜風，忽略了身體的寒冷，隨著粉絲們一起喊著祁謙的名字，即便祁謙在裡面根本聽不到，但是她們依舊想喊出來，她們堅信著祁謙肯定能夠知道，她們一直在外面陪著他，等待著看他問鼎小金人！

最佳電影、最佳導演、最佳編劇，一個個重量級的獎項被主持人米蘭達唸出。轉去做自己的服裝品牌之後，米蘭達已經很多年沒再答應任何主持工作的邀請了，這一次是特例，因為……

「最佳編劇的得獎者是——《時間重置》，福爾斯．蘇。」

當福爾斯起身與身邊的祁謙擁抱，在鏡頭前懷著激動的心情走上頒獎臺時，廣場上看著大螢幕的不少粉絲都大喊了一聲：「騙人！」

不是這個獎項福爾斯不該得，而是福爾斯怎麼可能長得這麼帥！明明電影裡是那個圓球的樣子！

由於《時間重置》太過成功，很多觀眾被洗腦洗得太過徹底，堅持認為福爾斯就是個球體。怎麼可能變成眼前清秀的青年？

「外景主持人剛剛告訴我說，外面廣場上有很多人都覺得你的長相欺騙了觀眾，有沒有什麼感想？」米蘭達笑著打趣自己的兒子道。

福爾斯一臉認真的表示：「下臺後我會在網路上分享一下我的減肥經驗，敬請期待。」

所有人都友善的笑了，即便福爾斯不是那個電影裡討喜的白麵饅頭，他依舊是個幽默感十足的人，讓人捧腹，讓人喜歡。

何娟的眼睛卻從始至終都只關注在祁謙身上，大螢幕正播著祁謙和身邊的除夕輕聲附耳交談的模樣。何娟身邊不少年輕的女孩子都發出了奇怪的笑聲，何娟知道她們為什麼笑，也知道和祁謙說話的人叫裴熠，是祁謙最好的朋友之一，在《時間重置》中客串出場過，更是網路上和祁謙最般配配對排行榜的前十名。

只遠遠看著，就能感受到他們之間那種彷彿再也插不下第三個人的親密感。

他們是天造地設的一對——這一刻，何娟突然想到了從網路上看到的這句話，莫名的開始嫉妒，卻又覺得如果殿下是和這個人在一起，自己應該是會服氣的吧，總比便宜了別的哪個女人好。

頒獎典禮繼續，最佳女配角、最佳男配角、最佳女主角，以及最！佳！男！主！角！

激動人心的時刻終於來了，本來還吵吵鬧鬧的戶外廣場，在頒獎嘉賓陳煜拿起信封的那一刻，一下子就安靜的彷彿掉根針都能聽到。所有人都屏息凝神，好像生怕把本屬於祁謙的影帝嚇跑了。

五個候選人，祁謙一償夙願，和他的父親祁避夏一同角逐。

《時間重置》是雙男主角，發行商在向主辦單位報名的時候，充分尊重了祁謙和祁避夏的意見，為他們報了一樣的男主角。

在接到阿羅通知的那一刻，祁避夏整個人都激動得不會說話了，他再一次被承認了！終、終於他可以堂堂正正以演員的身分回到這個地方，雖然這次拿獎的肯定是自己的寶貝兒子，但他還有以後嘛——祁避夏當時是這樣想的。

一個電影，兩個角色，五個候選人裡《時間重置》就占了兩個，怎麼看贏面都十分大，不少人已經在暗暗恭喜身邊《時間重置》的導演嚴正，又一個重要獎項入手，他們劇組肯定是今年小金人最大的贏家。

至於到底是祁謙還是祁避夏獲獎，旁人的關心程度就不那麼高了。

祁避夏已經做好了一會兒聽到祁謙獲獎時，自己該如何運用表情。

陳煜也覺得祁謙這次肯定是穩操勝券了，他還為此準備了一個不錯的梗，就等著在宣布了獲獎人之後說。

結果，在展開信封看到得獎人名字的那一刻，陳煜卻錯愕的愣住了。

由於小金人最佳男主角得獎的結果太意外，陳煜沒能來得及掩飾驚愕的表情，攝影機全無保留的把這一幕捕捉了下來，雖然只是一瞬，卻已經足夠全球一起看觀看直播的觀眾跟著揪了一把心。

大家因為這個表情，內心都五味雜陳起來，紛紛猜測陳煜到底是什麼意思。

其實陳煜的意思挺好推測的，不過是一個逆推而已。陳煜最初在沒看到信件內容之前，肯定以為得獎的是祁謙，誰讓他們倆關係好呢，於情於理，陳煜都會認為是祁謙得獎。換言之，陳煜的驚訝，只可能是祁謙沒得獎。

這次候選人裡還有祁避夏，也就是祁謙的父親。陳煜和祁謙關係好，和祁避夏的關係應該不差，那麼即便得獎的是祁避夏，不是祁謙，陳煜也不應該表現的如此驚訝。

那麼就是說，祁氏父子都出局了？！

如果真的是，這可就是史無前例的大冷門了。

哪怕是最瘋狂的賭徒大概都不會壓這個賭注。祁氏父子的實力和背景就擺在那裡，如此不給面子，小金人評委會是要上天嗎？

最重要的是，祁謙是眾望所歸的影帝，現在還在螢幕前等待結果的人裡面，祁謙的粉絲甚至能超過半數，他們肯定是不想看到祁謙再次名落孫山的。所以這些人就開始拚命找理由安慰自己，陳煜不是這個意思……好比，為了營造戲劇效果，陳煜在演戲。

祁謙另外三個競爭對手剛巧也是這麼想的，他們也想當影帝，哪怕之前祁謙和祁避夏獲勝的可能性比較大，卻依舊心存僥倖，如今陳煜的表情給了他們一線生機，但他們又生怕陳煜的驚訝是主辦單位的效果安排，白白戲弄了自己的感情。他們只能極力管理面部表情，免得事後被媒體大做文章，可內心裡，他們其實還是期待能力壓祁氏父子、由自己得獎，可是到時候會不會被祁謙剽悍的粉絲寄恐嚇信啊？想想還有點小恐怖呢……

諸如此類種種，這才讓本來很簡單的事情變得莫測起來。

前面覺得祁謙勝券在握，刷著彈幕賣萌說過「這次要是殿下還是沒能得小金人，這個節目就神作了」類似話的粉絲，都恨不得穿越回幾分鐘之前剁手。

連祁謙自己在陳煜沉默的那短短的時間裡，都產生了一種「不會吧，還來？」的感覺。他這輩子注定要和小金人死磕，卻獲獎無望了嗎？那一會兒該把微博暱稱改成什麼名字呢？顯然幸運E已經無法再概括自己那即將衝破天際的楣運了。

祁謙之所以在此時此刻還能有這麼豐富的內心活動，自然是因為他覺得如果他沒得到，那麼得到的肯定是祁避夏。輸給祁避夏，他是很服氣的，也為祁避夏高興。

然後，所有人就看到陳煜舉手示意了後臺的工作人員，他需要核對一下信件內容的正確性，再決定是否宣布。

小金人的頒獎歷史上確實出現過類似的情況，就是信件的內容寫錯，被頒獎嘉賓唸出，之後道歉又重新頒獎的情況。

為避免日後再出現這樣的問題，主辦單位就給了每個頒獎嘉賓一次質疑的權利，但至今很少有人會用到，畢竟小金人主辦單位出現明顯錯誤的機率很小，除非是一眼就能看出來的問題。涉及到人選問題的時候，你要是質疑錯了，那就等於你在質疑對方獲獎的能力，這也是很容易被粉絲和媒體開嘲諷的。

在等待確定結果的那不足一分鐘裡，大家都莫名的覺得時間好像變慢了，慢到彷彿沒有盡頭。

祁避夏和除夕同時一左一右的握住了祁謙的兩手，在無聲的給予他力量。

誰也沒有說出那句「如果你沒得獎我會如何如何」，因為在結果沒有出來之前，這麼說會被視為不吉利，要說狠話也要留在後面。

戶外廣場甚至已經有年紀小的粉絲輕輕抽泣了起來。

「哭什麼哭！」有類似於粉絲應援會的會長，站出來高聲呵斥了哭泣的粉絲，「結果還沒出來呢！不許哭！」

何娟看著近在咫尺卻又感覺遠在另一個世界的人和事，默默雙手合十，開始為祁謙祈禱。沒過多久，何娟身邊的粉絲們開始紛紛仿效起來，雙手合十放在額頭前，虔誠的祈禱。

廣場外的媒體鏡頭忠實的記錄下了這一幕，有個攝影師甚至因為拍攝下這個場景的一張照片，而獲得了國際上的攝影大獎，標題為「超越信仰」。

不到一分鐘，溝通完畢的陳煜再一次回到了領獎臺前。這一次他的臉上沒有任何表情，讓人無法看出他此時的心情到底如何，他們只能屏住呼吸，等待最後的審判。

陳煜再一次緩緩展開信封，對著麥克風道：「本屆小金人最佳男主角的得獎者是——祁避夏。」

那一刻，對準五個候選人的攝影機鏡頭，其拍攝的畫面都被展示在了大螢幕上，另外三個候選人表情如何已經沒人關注了，大家只能想看祁氏這對父子的反應。

祁謙勾起了欣喜的笑容，祁避夏卻面色蒼白如紙，久久無法出現反應。

並排坐在一起的兩個人，勝利者在悲傷，落選者卻在高興，這也算是小金人開辦這麼多年的一大奇景了。

後來有不少人都在拿這一幕告訴別人，這就是親情，在關鍵時刻想到的是對方，而不是自己。

祁謙在為祁避夏高興，祁避夏則在為祁謙失落。

「咳，各位，能再稍微給我一點時間嘛？我還沒有唸完。」陳煜突然道。

全場一片譁然。

不少本來轉過頭來看祁氏父子的人，差點因為轉動幅度太大而拗斷了自己的脖子，他們一起不可思議的看向陳煜，眼神裡傳達著一個相同的意思：不會吧？

陳煜肯定的點了點頭，「本屆小金人最佳男主角的得獎者是——祁避夏……和祁謙！共同獲獎，恭喜！兩位在《時間重置》中的精采表現，讓評委會在評選時為了誰能獲獎足足爭吵了三天，大家各執一詞，始終無法抉出，最終共同認可了兩位精湛的演技，全票通過聯名獲獎。再次恭喜！」

當陳煜那一句「恭喜」之後，人們這才大夢初醒，開始鼓起掌來，掌聲由弱變強，由稀疏變成了整個禮堂的人都在有志一同的拍手。

禮堂外面的廣場上，還沒來得及哭泣的粉絲們迎來了喜極而泣，不知是誰起的頭，「殿下」、「陛下」、「殿下」的喊聲此起彼伏，幾乎是站在廣場上的每一個人都加入了進來，透過這種特殊的方式傳達著自己的喜悅。

終於，終於父子一起得償所願！

鏡頭裡，祁避夏露出了燦爛的笑臉，都沒站起來，就撲過去一把抱住了自己的兒子，用彷彿恨不得和對方融為一體的力度死也不鬆手，他在祁謙耳邊語無倫次的說著：「我就知道我就知道、我……」

「該上臺領獎了。」比起祁避夏，祁謙要鎮定的多。

不少人看著這樣的互動都露出了會心一笑。米蘭達在領獎臺上對陳煜打趣道：「有沒有覺得這一幕很熟悉？」

「《因為我們是一家人》的第一季既視感不要太強烈。」陳煜配合默契。

「真懷念那段日子……」米蘭達一臉神往，「那時候我多年輕啊。」

「您現在也很年輕。」陳煜恭維道。

女人就沒有誰會不喜歡聽人奉承自己年紀小的，米蘭達也一樣，她臉上的笑容是怎麼都壓不住，「那邊的，嘿！抱在一起怎麼都不肯撒手的，說的就是你們倆！注意一下形象，快上來吧，再不上來我和陳煜可就沒詞了。」

大家善意的開始起鬨，祁謙和祁避夏這才放開彼此，站起身，動作一致的整理了一下衣服，這才一起走上了舞臺，燈光焦點匯聚之處。

他們一起捧起了那座象徵著演員演技最高肯定的獎盃。

「是不是很意外？」陳煜打趣道。

「我比較意外你剛才找評委會質疑什麼。」祁謙反問了回去，其實也是公開給陳煜一個解釋的機會。

陳煜聳肩，「小金人歷史上從沒有兩個影帝共同問鼎的記錄，我害怕他們也不知道該選誰，就一起寫上來讓我決定。我可不敢擔這個責任，無論不選你還是不選你爸爸，你都會拆了我的。」

雙黃蛋不是沒有過，只是小金人上從未有過而已。也難怪陳煜會停頓，大家都表示了對此的理解。

等輪到祁謙和祁避夏發表感言的時候，祁避夏道：「我和阿謙其實只準備了一份得獎感言的底稿，本以為反正我們倆肯定只有一個上來，那就偷懶少寫一份吧，我還為我的機智暗暗自我欽佩了很久，沒想到評委會會給我們這麼大一個驚喜，so……」

「我們決定一人一句唸完得獎感言。」祁謙在祁避夏之後開口道，猶如默契的雙胞胎一般，對方說上句，他就能配合出下句。

最後一句是祁謙和祁避夏一起說的：「最後再一次感謝一路支持我們走到今天的粉絲，萬分感謝。」

說完，祁謙和祁避夏一起對著臺下和攝影機鏡頭九十度鞠躬，不是為了討好誰，而是為了表達自己的心意。粉絲是這個世界上最讓人煩惱的一群人，也是最可愛的一群人，他們有時候什麼都計較，有時候卻又能什麼都包容，沒有他們就不會有祁氏父子的今天，在粉絲表達愛意的時候，祁氏父子也在表達著他們的尊重，力求心意互通，傳達自己的感情。

謝謝。

簡單、樸實，包含了全部的真心。

戶外廣場的尖叫聲大得彷彿能震破全部的玻璃。那一刻，全球的粉絲雖然分處各地，卻在做著一件共同的事情——歡呼雀躍！地球都好像為之震了一下。

當祁謙抬起身的那一刻，他感覺到了他期待已久的第五條尾巴——他終於成年了！

◎◆◎◆◎◆◎

小金人頒獎典禮之後的慶功宴上，陳煜好不容易才找到除夕沒在祁謙身邊的機會，帶祁謙去了旁邊安靜的花園一角，鼓起勇氣，進行了他早就想要做卻一直沒有機會做的事情——告白。

「我喜歡你……不，我愛你！」

「抱歉。」祁謙沒有留給陳煜任何遐想的空間，毫不猶豫拒絕了他，「我不喜歡你。」

「沒關係。」陳煜依舊笑著，「我知道你還沒開竅，我可以等你，我這麼說不是想給你壓力，只是想讓你知道我愛你，等你決定找一個戀人的時候，可以先考慮一下我嗎？」

祁謙看著陳煜，緩緩的搖了搖頭，說：「還是抱歉，我不是沒有開竅，而是已經有喜歡的人了。」

「什麼？」陳煜一愣，不可能，明明在頒獎典禮前，祁謙還是一副對感情懵懵懂懂的樣子，怎麼可能這麼快就……

「裴熠嗎？」

祁謙點點頭，毫不避諱的堅定回答道：「是的。」

與其說曾經的他不懂愛情，不如說曾經的他根本沒有這方面的概念，覺得所謂的愛情不過是一種生物程式，透過激素主導，不斷釋放去甲腎上腺素和苯丙胺等特定的化學元素，互相作用，刺激大腦，產生愉悅的情緒，導致心率增加、食欲減退等副作用。動物俗稱發情。而人類遇到這種情況，通常能持續一年到三年左右。

但當祁謙突破了生理障礙，終於真正長大的那一刻，他才明白愛情並不是這些簡單的字眼就能概括的東西。

它可以被定義，卻無法被解讀。

當你遇到的那一刻，自然而然就明悟了。

祁謙在不明白愛情的時候，就已經遇到了他的愛情，並進行了當時不太理解，如今才明白的舉動——他開始視一個地球人如命，信任他、依賴他、無法離開他。沒有原因，沒有理由，就是那一眼，就是那個人，就是一輩子。

「我愛你！」

在陳煜離開之後，隱藏在暗處的除夕以最快的速度出現在了祁謙面前，並說出了他的告白，激動的心情無法言語，就只剩下了這一句——

「我們在一起吧。」

「我們本來就在一起。」祁謙永遠都是那個煞風景的人。他是說，他們早就住在一起，不是嗎？

「我是說永遠。」

「除了我以外，你還能和誰談永遠？」壽命的局限性可不是那麼好突破的。

「……」

還待在除夕身體裡的 2B250 終於看不下去了：「這個時候還廢什麼話，吻他！」

於是，就這樣吻上了。

人生還會繼續，但故事講到這裡卻已經足夠了。就像是每個童話故事的結尾那般，從此祁謙和除夕過上了幸福的生活，直到永遠。

《來自外星的我與你在一起。》完

PS：

2B250 表示：說好的毀滅地球呢？！

X月O日　番外

祁謙的全部日記

新曆四五三年十月一日，天氣晴，據說有流星。

……祁謙就是那個流星。

在α星時，祁謙莫名碰上了愛因斯坦—羅森橋，僥倖正對無害的中心點，穿過灰道，從白洞而出，墜入地球。祁謙的私人飛船在穿越過地球的大氣層時，因為摩擦而開始劇烈的燃燒，造成了旁人眼中的流星。

最後，在燒得只剩下駕駛艙的時候，祁謙和飛船才堪堪一起掉到了地球某處廢棄的兵工廠裡。

飛船損毀，通訊器失靈，與α星徹底失去聯絡，僅剩的幾箱營養劑隨著飛船外殼一起在大氣層被燒了個乾乾淨淨。α星又遠在A宇宙，這輩子應該都不會再有哪個倒楣的α星人會捲入愛因斯坦—羅森橋，被傳送到B宇宙的地球……祁謙想著，他大概會成為α星有史以來第一個被餓死在外星球的人。好慘。

祁謙決定深深記住這個即將餓死他的星球的名字——地球。

「**一個好消息**，**一個壞消息**。」大腦裡的2B250如是道。

「**說**。」

「**這個名為地球的星球是適宜人類居住的，並且存在智慧生物，有幾萬年的歷史，你不會被餓死了。但這些智慧生物換種說法就是……外星人。**」

祁謙瞬間想到了基地科學院那些專家教授們信誓旦旦的報告：

據說外星人都是異形，三頭六臂，七手八腳。

據說外星人智商爆表，武力超群，動動手就能讓一個星系在檣櫓間灰飛煙滅。

還據說這些深不可測的外星智慧生物早晚有天會開著宇宙戰艦來攻占α星系，我們所有人都會被奴役！

簡直生無可戀，祁謙想著，還不如餓死呢。_(:3)∠)_

「又一個不知道好壞的消息。」

「別逼我在死之前先弄死你！」

祁謙的光腦總是囉哩囉嗦的，不給它點教訓，它根本不會消停！

QAQ **嚶嚶嚶，你怎麼能如此冷酷、如此無情、如此無理取鬧……」**

祁謙皺眉。

「你說的這都是什麼亂七八糟的東西？」

「剛剛連上地球的無線網路學會的網路名詞，怎麼樣？是不是很貼切？這個星球的語言文化很生動形象呢。對了，我還聽到一首不錯的歌曲，您要聽嗎？我播給您聽啊。」

2B250的話還沒有說完，神曲《忐忑》已經響徹了祁謙的大腦，聽得他的神經一抽一抽的，腦袋疼。

「你要是再不說，這輩子都別說了！」

「我說！駕駛艙外面就有個地球人但不是成年體而是幼年體哪怕地球人再強他們的幼年體應該也不會太過變態您要不要先試試看能不能對付這個幼年體從而衡量地球成年體的強大之後再決定要不要餓死自己。」

被成功嚇唬住的 2B250「文不加點」的把它得到的消息全說了出來。

然後，祁謙心懷最大的戒備與緊張，打開了保護在他面前的駕駛艙艙門。

艙門外，自稱「除夕」的地球幼年體，恰好與祁謙四目相對。

祁謙一愣，這傢伙看上去……好弱。

◎◆◎◆◎◆◎

新曆四五三年十月二日，天氣晴。

祁謙大概不會死了，因為地球人都弱爆了，他總感覺自己被科學院的那些專家教授欺騙了呢。

這些名為地球人的智慧生物還不如祁謙有力氣。要知道，祁謙可是只有四條尾巴的幼年體。據 2B250 看到的地球上的醫學報告，地球人的大腦開發程度竟然都不足百分之十，既無異能，也沒辦法肢體再生，壽命不到百年，身體的致命要害卻高達九處，祁謙覺得他一隻手就能擺平地球武力值最高的強者。

在武器科技方面，地球就更落後了，差不多和 α 星系有三、四個世紀的差距……怎麼看都不像是瞬間就能侵略 α 星系的樣子。

反倒是祁謙侵略地球的可能性比較大，畢竟這些地球人連尾巴都沒有。

「沒有尾巴，地球人走路要怎麼保持平衡呢？」

「尾巴還能用來警戒、攻擊、儲存能量，是力與美的終極表現，也是成年與否的唯一標準，更是相當於『第五個肢體』一樣的重要存在，地球人這根本是沒有進化完整嘛！」

2B250分析道，**「主人開了二尾的時候就已經可以完爆地球的當世高手了！等等，這豈不是說……」**

「我／主人能稱霸地球了？！」祁謙和2B250異口同聲道。

α星人天生好戰，連血管裡流動的都彷彿是殺戮。α星本身又資源稀缺，就應運而生了一套「物競天擇，強者生存」的生存模式。強者得到一切，弱者活該被支配，沒有人會覺得這是錯的，只會恨自己不夠強大。

「暫定目標：稱霸地球。需要我這樣寫在日程表上嗎？」

「好。」

至於食物方面，是由那個叫除夕的幼年體提供的。他真是個意外的很善良的外星人，還很……富有。

祁謙判斷的標準是，除夕拿給他的食物不是毫無味道的營養劑，而是貨真價實的天然食材。散發著麥香味的鬆軟麵包，入口即化的香噴噴的奶油……祁謙覺得迫降地球，大概會是他這輩子做過的最英明的決定。

另外一個英明的決定是昨天沒有殺了除夕，而是選擇相信他會帶給他食物和水。

決定了，祁謙在心裡道：等我恢復健康之後，就報答除夕。

「好比？」

「好比在我征服地球的時候保護好除夕。」

「已備案。」

◎◆◎◆◎◆◎

新曆四五三年十月十五日，天氣晴。

除夕帶了個小夥伴來見祁謙，是個叫七夕的人類幼崽，雌性，地球好像稱之為妹子。三個孩子一起吃了一頓名為火鍋的東西。

祁謙決定將其列為他一生的摯愛。

除夕涮火鍋喜歡沾麻醬，七夕卻說麻醬什麼的簡直是異端。

「羊肉不蘸麻醬還能吃？！」

「羊肉蘸了麻醬怎麼吃？！」

他們據理力爭，互不相讓。祁謙趁機多吃了不少肥羊，不過祁謙私心裡是贊同除夕的，羊肉蘸上麻醬之後會更好吃，口齒留香，畢生難忘。

吃完飯之後，除夕為祁謙取了一個地球名字，雖然祁謙已經有一個特別有內涵的 α 星名字 1114 了，但除夕說這個名字不符合地球的畫風，不太吉利。礙於有不知道祁謙外星人身分的七夕在場，除夕說得很模糊，但祁謙還是聽懂了。

祁謙很喜歡這種心照不宣的默契，他覺得大概這就是所謂的友誼，在 α 星他從未感受到的東西。

「我叫除夕，七夕叫七夕，都是我故鄉第一世界C國的傳統節日，孤兒院裡的大家差不多也是這麼混叫的，我們已經有了重陽、寒食、中秋、清明、端午，你就叫……」

「元宵！」七夕妹子搶先開口。

「不，叫祁謙。」

「你可真有取名技巧，教你什麼叫規律的修女一定都感動到快哭了。」七夕妹子一臉嘲諷道。

「祁謙是哪個節日？」祁謙不明就裡。

「祁謙不是節日，而是一個正式的名字。」除夕這樣說道。

七夕聽除夕這麼說了之後，好像表現的有點不高興。

但祁謙不在乎，因為她不是除夕。

◎◆◎◆◎◆◎

新曆四五三年十月二十日，天氣陰。

透過2B250修改檔案，祁謙去了除夕所在的孤兒院，現在祁謙已經知道除夕其實並不富有了，相反，除夕的情況比祁謙在α星時還要糟糕。真正富有的是地球人，即便他們一點都不珍惜，也不知道感恩。

只有除夕是個例外，在明明自己都不夠吃的情況下，還把食物給了祁謙，祁謙很高興。

雖然祁謙不怎麼喜歡孤兒院，但為了能和除夕在一起，孤兒院應該也沒有什麼……吧。

孤兒院裡的孩子不多，祁謙去的時候大部分人都不在，那個看上去挺討人厭的女院長說大家是去附近玩了，但除夕告訴祁謙，大家是出去幹活了，為了賺錢好過年。

◎◆◎◆◎◆◎

新曆四五三年十一月二十三日，天氣晴。

孤兒院裡有孩子來找除夕哭訴，他們被街角的報亭老闆騙了，讓他們替他白白幹活，卻一分錢都不給大家。

除夕晚上帶著祁謙去砸了報亭老闆的報亭。大家都覺得除夕帥爆了，祁謙也是這麼覺得的，不僅如此，祁謙還覺得是他想像中的除夕最帥！

順便的，這群孩子還洗劫了報亭老闆全部的球星海報，裡面大部分都是除夕最喜歡的費爾南多，祁謙左看右看都沒覺得這個費爾南多有什麼好看的，反正不如他好看！

◎◆◎◆◎◆◎

新曆四五四年一月一日，新年，天氣小雪。

為了慶祝新年，除夕請大家一起去吃了M記，這是祁謙第一次吃速食，真的很好吃。除夕把屬於他的那份也強硬的推給了祁謙，說他不愛吃這個，但祁謙覺得除夕在騙他。2B250說這是善意的謊言，祁謙更高興了，因為除夕看上去真的很喜歡他。他也很喜歡除夕。

◎◆◎◆◎◆◎

新曆四五四年四月一日，愚人節，天氣忘記了。

祁謙和除夕救了祁避夏，祁謙表示一定會保護好除夕，等待他醒來！

◎◆◎◆◎◆◎

新曆四七〇年。

祁謙和除夕在一起了。

祁謙心想著，原來這就是愛情，在他還不知道那就是愛情的時候，他就已經決定了要和除夕在一起一輩子。他不知道如果他沒有遇到除夕會怎麼樣，他只知道他不後悔在地球遇到除夕，也永遠不會後悔愛上他。

果然地球這個星球是有魔性的，無論是想要征服它、稱霸它、毀滅它，懷著這樣心思的人最終都是折戟沉沙，包括祁謙。

◎◆◎◆◎◆◎

還是新曆四七〇年。

祁謙一直都是個果斷的人，他繼承了他蠢爹祁避夏絕不會讓戀人受委屈的優良傳統，在和除夕確立了戀愛關係後就立刻開始著手準備出櫃了。

一般人的出櫃只有一步，就是帶著戀人和父母、朋友攤牌。

祁謙的出櫃卻更麻煩些，分為兩部分：親朋好友，和粉絲媒體。無論是誰，都很難接受祁謙準備和一個男人共度一生的打算，處理不好，很容易造成天大的麻煩。

為此，祁謙私底下寫了很多計畫書，只為能讓別人更容易接受他和除夕。

就在祁謙悄悄準備的同時，瞭解祁謙性格的除夕，也在做著他的事情——瞞著祁謙搶先一步向祁謙的朋友、家人們出櫃攤牌。

無論祁避夏有多憤怒，有多想弄死他，除夕都沒有任何辯駁，任打任罵，只希望在他承受了這些之後，能換得祁謙的親朋好友們的支持，哪怕是假裝也好，只要在祁謙面前表現出他們對這件事情的贊同和祝福就行。至於私底下如何，除夕不在乎，他可以獨自承受全部的責難和壓力。

「你們的祝福對於阿謙來說真的很重要。」除夕如是說。

「不要說得好像只有你關心謙寶一樣！」祁避夏生氣的看向除夕，猜到祁謙和除夕在一起是一回事，但是當真的面對這件事時，祁避夏還是很難接受，他的雙眼裡充滿了血絲，整個人都暴躁異常，「那是我的兒子，我唯一的、最引以為傲的兒子。我不反對同性戀，只是為什麼是你？謙寶、謙寶……」

「謙寶應該得到最好的。」一路沉默，只是用看死人一樣的眼神看著除夕的白冬大伯終於開口了，他的言下之意就是你還不夠好。

「我在努力！」除夕不假思索的開口，「我知道我還不夠好，但我真的一直在努力能配得上阿謙。請給我一個機會，五年為期，我會超越你們所能想到的最好的極限。」

看著這樣的除夕，費爾南多和白秋都有些於心不忍。事實上，早在除夕決定瞞著祁謙來跟他們攤牌，只希望祁謙能高興時，全家最心軟的兩個人就已經倒戈了。

在費爾南多和白秋積極勸說下，祁避夏和白冬這才鬆了口。

「拭目以待。」白冬是這樣對除夕說的，「但我希望你能知道，我們會同意，不是看在你的面子上，而是看在阿謙真的很喜歡你的分上。希望你不要辜負這份感情，否則……你絕對不會想知道後果是什麼的。」

祁謙的朋友們對此全無異議，畢竟那是祁謙的感情問題，除夕又是個很優秀的人，他對祁謙的愛大家都看在眼裡，既然祁謙也喜歡除夕，那他們還有什麼立場表示不喜歡和不支持呢？最主要的是，在他們的感情問題上，祁謙一直都是無條件支持的，他們自然也不會拖祁謙的後腿。朋友嘛，就是在你最需要他們的時候不問原因的挺身而出。

於是，等祁謙終於鼓起勇氣，準備從白秋和費爾南多這兩個最好突破的突破口先探探口風時，他全部的親朋好友卻在一起聚餐時給了他一個巨大的驚喜。

「你和裴熠哥哥的事情？你們不早就是一對了嗎？」蛋糕一臉詫異。

「我和你爸爸早就知道你和裴熠的事情了，不要小看家長的觀察力，親愛的。我們早就達成了一致的意見——只要你幸福就好。」費爾南多是這樣回答的，順便還推了一把身邊的戀人祁避夏，「對吧，親愛的？說話啊，兒子看著你呢，不知道的還以為你不同意呢。」

——我就是不同意啊！

祁避夏在內心如是吶喊，但為了祁謙，他表面上還是努力給出了一個勉強的笑容，「嗯嗯，你幸福就好。他要是敢對不起你……」

「你大伯會讓他付出巨大的代價。」白秋快速接話，不給祁避夏發揮的空間。

祁謙錯愕了幾秒之後，就剩下了臉上燦爛的笑容，發自真心的，「謝謝，謝謝你們，我沒想到……我……前些天我真是白擔心了，我愛你們。」

「我們也愛你。」

事後祁謙對除夕道：「我有一群這世界上最棒的家人和朋友。」

深藏功與名的除夕親了親祁謙的脣角，「當然，你值得擁有最好的一切。」

出櫃的第二步：對粉絲媒體出櫃。這個就更加複雜了。

在這一點，經紀人阿羅投了反對票：「你能提前和我通氣，我很高興，比裴越那個總愛在事後給我驚嚇的混蛋要好太多了。但是，真的有必要出櫃嗎？最起碼在你四十歲之前，我覺得是沒必要公開的。就像是明星隱婚一樣。這與你的戀人是不是男人，是不是與你有七拐八拐的親戚關係無關，只是作為偶像明星，你知道你結婚的事情會引起多大的『地震』嗎？你爸爸和費爾南多結婚時相約天臺的粉絲還少嗎？」

是的，結婚。祁謙和除夕確定關係沒多久就決定結婚了，十分乾脆。因為在祁謙看來，感情沒有中間地帶，要麼不愛，要愛便深愛，永遠在一起。而既然他們決定在一起了，那就應該結婚。

於是，全家在努力接受了「祁謙和除夕出櫃」的事情之後，目前又正在努力消化「祁謙馬上要結婚了」的這件事情。

最終，第一個同意祁謙這個做法的，是所有人都沒有想到的祁避夏。

「既然愛上了那就結婚，不愧是我兒子。」

當年要不是費爾南多的職業問題，祁避夏也是恨不得在和費爾南多確立關係之後就結婚的，在這點上祁謙和祁避夏是一模一樣的思維。

「不過我們還需要一段很長的準備婚禮的時間，在此期間你先去拍部電影給你的粉絲打預防針吧。」

於是，這才有了祁謙接拍《榮親王》這部涉嫌同性亂倫的電影。當然，故事情節裡也不是真亂倫，兩個主角並沒有直接的血緣關係，卻也足夠引起轟動了。

網路論壇上自電影的定妝照出來之後，就開帖無數，幾乎每篇帖子都會疊成掐架高樓。阿羅徹底向祁謙跪了，「你爸爸只是讓你先去拍同性戀的電影探探口風，你怎麼一上來就這麼重口？！」

「我喜歡這個劇本。」祁謙用這個理由堵住了所有人的嘴。

◎◆◎◆◎◆◎

依舊是新曆四七〇年。

某個知名社交網路論壇上曾有過一篇很紅的調查帖子，標題叫：你身上有什麼是別人豔羨，你卻覺得有苦說不出的「優勢」？

大部分人的回帖一般都是：「個子高。太高了，周圍很少有男生能高過我，至今單身狗好嗎？！」

又或者是：「腦洞大，梗多。但其實我只有梗，根本無法把梗擴寫成長篇。」

再不然就是很傳統的「家裡有錢。父親花天酒地，母親相敬如『冰』」、「當公務員，別人覺得薪水不低，生活安穩，實則根本不夠還房貸」等等。

阿羅在逛網頁時剛巧看到了這篇帖子，便匿名上去發了一條並沒有引起廣泛注意的回覆：「明星經紀人。」

無論是業內業外，但凡知道阿羅身分的人，對他都是一副豔羨的樣子。

同行羨慕阿羅能一個接著一個的捧紅自己手上的明星，無論是浪子回頭的祁避夏，還是從童星做起一路閃耀到巔峰的祁謙，他們都是成功之路完全不可複製的天王巨星。哪怕是看上去最按部就班的歌王裘越，到最後人們也必須承認，這個世界上只有一個裘越，他同樣是無法超越的經典。

而外行則羨慕阿羅能和他們喜歡的偶像親密接觸，瞭解對方的每一個秘密，與對方形影不離。

「人生大贏家」這五個字好像就是為阿羅量身打造的，他的故事早已成為了一個傳奇。

但只有阿羅自己知道，他手上這些藝人有多難搞，為了在公眾面前維持住他們的螢幕形象，他有多辛苦。阿羅毫不懷疑自己的死因要麼會是勞累過度，要麼就是因突發事件而產生過於激動的情緒猝死，也就是俗稱的犯心臟病。

就拿被外界一直認為是乖寶寶、潔身自好的藝人典範祁謙來舉例好了。

人們看到的是祁謙演一部、紅一部的恐怖票房號召力，是他有價無市的天價片酬，是他從不沾染緋聞的良好品德，甚至是他背靠大樹好乘涼的身分背景。

但阿羅看到的卻是，時時刻刻在威脅他「如果祁謙的事業不好就直接弄死你」的祁謙的恐怖家人。祁謙的家人真的是祁謙控的厲害，甚至已經到了極度缺乏理智的地步，最可怕的是，偏偏就是這麼一群人，掌握著足夠遏制住阿羅全部人生的資源、金錢以及權勢。

祁謙很好哄，但是祁謙背後的人們卻十分難搞。這種身分背景還不如不要，關鍵時刻實在會把他搞得一個頭兩個大。

祁謙沒有緋聞，對於粉絲來說是喜聞樂見的美德，但對於一個需要一定公眾曝光率的明星來說，就實在是算不得什麼好事情了。為了祁謙不被公眾遺忘又要隨時保持著良好形象，阿羅表示：你以為我很容易嗎？

最重要的是，祁謙遠沒有別人想像裡那麼聽話啊！

當年陪著祁避夏從B洲L市接到祁謙開始，阿羅就有一種預感——這孩子不會是個省油的燈。

事實也證明了阿羅的預見性。

祁謙是個高智商兒童，這一類人最大的特色除了必不可少的心理疾病以外，就是關鍵時刻的固執，他想做的事情誰也阻止不了，他不想做的事情強迫也強迫不來。

好比祁謙在成為雙料影帝之後，選擇接了一部帶有隱晦同性戀亂倫傾向的電影《榮親王》。同性戀在這個社會屢見不鮮，但是亂倫……拜託，哪怕是很多年後，人們對《榮親王》這部電影的評價依舊是褒貶不一，一部分人愛死了它，一部分人則提起來就覺得噁心反胃到受不了

這對於祁謙的形象是致命的。

這還不算完，如果只是電影作品，阿羅還可以對外把這塑造成對藝術的不同追求，但祁謙他在電影上映之後突然出櫃了！

出櫃前，祁謙倒是記得要和阿羅這個經紀人商量，但他的「商量」更類似於「通知」，就是那種「無論你同意不同意我都會做，你看著辦吧」的感覺。

阿羅還能怎麼辦？只能認命的為這個不出事則已，一出事肯定石破天驚的大少爺，想辦法降低負面影響唄。

「你不會生氣嗎？」很多年之後，阿羅親自培養出的接班人這樣問阿羅，「他們如此任性、不負責任、一點藝人該有的自覺都沒有，甚至在我看來都有點不太尊重你這個經紀人的付出。你真的不會生氣嗎？我更喜歡我的藝人聽話一點，好控制一些。」

阿羅推了推自己鼻梁上的無框眼鏡，笑著搖了搖頭，什麼都沒說，只是笑容意味深長。

祁謙六歲那年，阿羅結束了一天辛勤的工作，拖著疲倦的身軀回到家中，開燈的那一瞬間，屋內原本正躲著的幾人同時對他高喊：「Surprise～Happy birthday！」

「你、你們怎麼知道我的生日？」

「還記得你工作的地方，剛巧是我表姐和表哥一起開的嗎？查到你員工資料還不跟玩似的。」簽合約時需要公民身分證的影本，而身分證上有一切關於阿羅的資料，姓名、出生地以及出生年月日。

「我們知道你不看重這個，但謙寶強烈要求，就當是哄孩子了，嗯？」裴越如是說。

「爸爸給我過生日時我很開心，我也想你開心。」彼時還抱著泰迪熊的年幼祁謙，補充了他之所以這麼做的原因，「這一年辛苦了，阿羅叔叔，以後還請多多關照。」

「合作愉快。」阿羅蹲下身，笑著揉了揉祁謙的頭。

除了祁避夏以外，從不讓旁人碰他的祁謙，這回也沒有動，雖然明明一副不爽的樣子，還是忍耐著讓阿羅揉了下去，一臉「今天你過生日你最大」的表情。

無論阿羅嘴上說著什麼誰還過生日這麼老土的東西啊，但他也不能否認心裡的高興，以及感受到被重視的那種甜蜜。

此後每年阿羅生日，祁謙等人都會盡可能的聚在一起為阿羅慶祝，即便沒能趕回，也會發一個他們彼此心裡清楚的隱晦微博表示祝賀，幾十年風雨無阻。

是，也許他們是一群難搞的刺頭藝人，卻也是一群讓人心甘情願為他們解決麻煩的人。

時隔多年，阿羅依舊能記得那年的生日，祁謙一臉嫌棄的說著「真不知道這些婆婆媽媽的狗血電視劇有什麼好看的」，然後遞上了他準備好的禮物，按照年份、類別整理歸類好的經典電視劇，旁邊還有用小紙片寫好的內容提要，絕對不是來自網路那百分之百不準的內容簡介，而是祁謙真正看過之後自己寫下的東西，順帶吐槽。

那之後，阿羅就真的一句怨言都沒有了。

所以說，祁謙實在是太狡猾了，阿羅嘴硬的想到，自己竟然就這麼被收買了，幹了一輩子不公平的買賣，實在是……太狡猾了。

◎◆◎◆◎◆◎

始終是新曆四七〇年。

很多年前，三十三天開始流行起了一股吃早午餐（brunch）的風潮，並漸漸變成了一種尋常可見的生活方式。

為緩解一週的工作壓力，人們會選擇在週五或者週六的晚上去酒吧徹夜狂歡，然後在不需要早起工作的第二天，慵懶的享受一個能睡懶覺的早上，之後在早餐已經過去、午餐還沒開始的時間，一邊聽著舒緩的音樂，一邊閒情逸致的吃一頓早午餐。

一開始早午餐這種形式只在週末有，後來慢慢的就發展成了全年無休，無論你什麼時候放鬆狂歡，第二天總能在街上找到讓你心滿意足的早午餐餐館。

祁謙是整個祁家最早開始明確表示對於早午餐的喜歡的人，一如他對於早餐、午餐、下午茶、晚餐以及宵夜不相上下的愛。

「兒子，你真的明白早午餐的含意嗎？」是早餐和午餐結合成一頓飯，而不是讓你在早餐和午餐中間再加一頓。費爾南多憂心忡忡的問道。

祁謙一天要吃五頓飯，這還不算中間從不停嘴的小吃、飲料、冰淇淋。

費爾南多從沒見過比祁謙還能吃的人，哪怕是在每日有很大的運動量，需要攝入大量熱量保持平衡的足球隊裡也沒有，「你是怎麼做到不發胖的？！」

事實上，哪怕在足球隊裡也是存在減肥日記這種神奇的東西的，每個夏歇季之後回到隊裡，大家總要面對隊醫和營養師開出來的各式各樣奇葩的減肥餐，以及教練的怒吼：「這週不減到ＸＸ公斤，你們就別想休息！」

「地球上確實有一種人的體質就叫怎麼吃都不胖，我做過調查的。」祁謙一本正經的回答道，「我是個正常的地球人。」

——我沒說你不正常！只是，只是……

費爾南多總覺得這裡面有一種說不上來的違和感。

「你就不能管管嗎？」費爾南多實在沒轍了之後，只能搬出祁避夏。

祁避夏聽後，一臉嚴肅的對他兒子道：「謙寶，你真的在去吃早午餐的時候，沒覺得哪裡有什麼問題嗎？」

祁謙努力回想了一下，果斷的搖搖頭，「沒有。」

「好比別人都是成雙成對的情侶，又或者是好幾對情侶一起。」去吃早午餐的，不是恨不得把彼此縫在一起的情侶，就是一群徹夜狂歡之後的情侶朋友，再不然就是要帥的商業洽談，總之很少會有一個人去吃的情況，想想都會被服務生用奇怪的眼神看待吧。

費爾南多在暗中拐了祁避夏一下，用眼神瞪向自己的伴侶：這是問題的關鍵嗎？！

「咳……」祁避夏無奈的繼續開口：「還有就是你不覺得你……」

「我知道了！」祁謙覺得他已經充分領悟了祁避夏和費爾南多的話。

「那就好。」祁避夏如釋重負，長舒了一口氣。從小到大——他是說祁謙從小到大，他最怕的就是不得不和兒子進行「嚴肅談話」，他真的不太會做這個，他倒是挺適應他兒子嚴肅的跟他說「咱們需要談談」。

之後，祁謙常去的一家早午餐的西餐廳的領班，在對殿下祁謙三不五時一個人來吃早午餐這件事情習以為常的時候，忽然發現祁謙開始帶上了一個伴，男性。

「您往常的位子已經為您準備好了，祁先生，還是老樣子嗎？」

「不，我今天是兩個人。」

「兩個？」領班不可置信的再一次看向祁謙，以及他身邊無論是外貌還是氣勢都十分優秀的黑髮男子，「這是一個約會嗎？」

祁謙短暫的愣了一下，之後看了看整個餐廳的氛圍，點點頭道：「嗯，約會。」

領班：=□=

「為了來吃一頓早午餐，你也是滿拚的。」除夕如是說。

那個時候祁謙還沒有長出第五尾，換句話說就是還沒有和除夕在一起，他只是為了不讓人覺得奇怪，入鄉隨俗的說陪他來吃飯的除夕是他的約會對象。

再之後，順應大流的「約會」變成了真正的約會，日日、月月、年年，整個餐廳見證了他們的感情。

有記者還找上了領班進行採訪：「是的，我早就知道殿下和裴熠的感情了，只是那個時候殿下還沒有對外公開，我自然要為我的顧客保密。」

◎◆◎◆◎◆◎

新曆四七一年。

祁謙在成為小金人影帝之後，就迅速接了一部新片《榮親王》，不為拿獎，不為票房，更不是為了突破，只是想先給他的粉絲打一劑預防針。

榮親王是C國歷史上一個傳奇性的人物，太過跌宕起伏的一生導致了有太多的角度可以講述他的故事。好處是用《榮親王》當標題，絕對會有人買帳；壞處則是想拍出新意太難。

祁謙完成了這個太難任務的劇本，詮釋了一個全新角度的榮親王。

同性戀、亂倫……

當這兩個詞出現之後，網路上不少人都在說，祁謙這是瘋了嗎？他根本就是在拿他的事業開玩笑！

而當電影上映之後，大家卻都被這部電影感動哭了。

作為投資方的除夕再次呈現了一齣「不被大家看好的電影，偏偏他投資之後，來了一場絕地大逆襲」的神話。

電影裡選取的角度是野史上，終身未娶的榮親王真正戀人的身分——他的小叔叔，E國的查理公爵。

查理公爵的母親穆圖公主遠嫁E國，生下了C、E混血的查理公爵。

而這位查理公爵小時候是在C國的皇宮和榮親王一起長大的，雖然有著小叔叔的名分，卻沒比榮親王大幾歲。讓大家懷疑他們兩個是一對的原因也是有根據的，這兩人一個終身未娶，一個不婚主義。在查理公爵回到E國後的多年，他們兩人依舊維繫著在那個沒有飛機、手機、電腦，通信一次需要好幾個月的筆友狀態，感情深厚到不可思議。

電影裡沒有修改、刪除、扭曲任何一封通信裡的內容，用的都是原話，就已經足夠讓觀眾感覺到那平靜的表面下浮動的曖昧情愫。

查理在信裡說：要我說多少遍你才會信？我不愛你大哥，我和他之間是清白的！

榮親王回答說：是啊，我就是個死斷袖，我什麼時候告訴你我不是了？

電影能過審，則是依據歷史上關於查理公爵的另外一個猜想——他並不是穆圖公主的孩子。史學家有理由相信，強勢的穆圖公主和她遠嫁的丈夫關係並不好，而查理公爵真正的母親其實是穆圖公主身邊的侍女。

也就是說，從血緣上來講，查理和榮親王並不是真正的親戚。

這才讓電影有了上映的可能。

全片短短的八十七分鐘，沒有一個吻，也沒有一句露骨的愛，最大的尺度不過是在查理公爵離開C國時，與榮親王一個短暫的擁抱。但偏偏就是這樣恪守本分的壓抑，在演員精湛的演技之下感動了不知道多少觀眾。

可惜在電影的最後，他們也只是一個終身未娶、一個不婚主義的親戚關係，雙方守著那份愛，彼此孤單了一輩子。

「為什麼榮親王不能和查理在一起？嚶嚶嚶……」蛋糕在電影首映會後哭著問祁謙這個主演。

「我覺得他們其實在一起了，只是歷史上沒有寫而已。」為了拍好電影，祁謙事先看了不少有關於榮親王和查理公爵的歷史以及文學作品，種種的蛛絲馬跡都在告訴祁謙，「他們在一起了，真的，相信我。」

「真的？不是哄我？」蛋糕狐疑的打量著祁謙。

祁謙點點頭，「成功的演員就是能還原最真實的人物，而想要還原這個人物，就需要你去理解他。我覺得我理解了榮親王，表達了他的感情。」

《榮親王》上映之後沒多久，祁謙就對外宣布了自己和除夕結婚的消息。

不少粉絲的反應就是——

「生無可戀……」

「相約天臺……」

「天臺上的前輩等等我！」

「要是知道殿下你喜歡男孩子，我早表白了，我也是男的啊，為了喜歡你在網路上混粉絲團、假裝成妹子什麼的都快假裝成神經病了好嗎……」

「原來上面的是男孩紙，我和我的小夥伴們都驚呆了，當個安靜的美男子不好嗎？！」

大部分的粉絲對於祁謙結婚的事情還是調侃居多，在調侃過後，基本都送上了最衷心的祝福，理由花樣百出——

「因為他是我殿啊，我會無條件支持殿下的每一個決定！」

「我寧可殿下和一個男的在一起，也絕對不喜歡殿下和除了我以外的女性在一起！」

「我早就知道殿下和裴熠有一腿，哈哈，壯哉我謙熠黨！」

「我殿就是我殿！帥爆了！不隱瞞自己的戀情，喜歡就是喜歡，比有些隱婚的明星不知道強多少！就是喜歡他的直率！」

這就是粉絲，最讓人無奈又最可愛的一群人。

◎◆◎◆◎◆◎

新曆四七二年。

祁謙公開出櫃後就和除夕迅速舉行了婚禮，在祁避夏和費爾南多舉辦過婚禮的小島上。婚禮的伴郎團有點過於龐大，包括祁謙全部的朋友，以及朋友的伴侶。蛋糕也是伴郎團的一員，她強烈表示：女的怎麼就不能夠當伴郎了！男的都能當伴娘呢，你們不能剝奪我的權利。

陳煜在婚禮前最後一次問祁謙：「雖然知道不太可能，但我還是想試一下——要和我私奔嗎？」

「抱歉。」這是祁謙果斷俐落的回答。

陳煜點點頭，「我就知道會是這個，只是不問一下總覺得不甘心。謝謝你對我的坦誠，也很抱歉給你造成困擾了，當不成戀人，我也很高興能夠有你這個朋友。祝你幸福，發自真心的。」

「謝謝。」感情的世界太小了，絕對容不下第三個人。

婚禮上，雖然祁謙和除夕誰都沒在婚禮上拿著捧花，但依舊有扔捧花這個環節。本沒有參與爭搶的福爾斯偏偏接到了捧花，而在捧花裡面，藏著司徒卿預謀已久的結婚戒指。

「太浪漫了！」蛋糕對她身邊的皇太孫說，「想不到比這更浪漫的求婚方式，我們兩人就不結婚。」

為此，司徒卿被皇太孫各種暗中使壞，指使著忙了整整一年半，才終於得空和他的未婚夫福爾斯舉辦了婚禮。

◎◆◎◆◎◆◎

新曆四七三年。

皇太孫力排眾議迎娶平民女友徐森長樂，舉行世紀婚禮的新聞在全球引起了軒然大波。這和知道他們在交往是截然不同的兩個概念，因為誰也沒想到皇太孫真的會娶了蛋糕。

事後，有不少八卦蛋糕的帖子裡表示，蛋糕家有錢的程度已經根本不能用「平民」來形容，她有兩個父親，一個是獲得了承澤親王獎的大神三木水，一個是時代遊戲的創始人兼總BOSS，這樣的家庭哪裡「平民」了？！更不說她身邊的朋友們——祁謙、福爾斯、顧格格、裴熠、陳煜等等，哪個人說出來不是身分能嚇死人的？只能說蛋糕沒有世家的名分，卻絕對不能說她是平民。

不少網友表示，童話故事裡其實早就已經揭示了這個真理，哪怕是最落魄的灰姑娘，她家本身也還是有錢人。

皇太孫結婚後，女皇終於安心退位，支持身為順位第二繼承人的皇太孫直接越過自己的父親繼位，成為了C國歷史上的又一位國王陛下。

國王陛下登基之後的第一件事，自然就是尊自己的皇祖母為太上皇，然後給了自己的合法妻子徐森長樂皇后的頭銜。至於國王陛下的父親，呵呵，這位坐在家中等著自己也被尊稱的前太子，等來的只有國王陛下取消了信陽郡主爵位頭銜的這件事。

一如前任女皇陛下當年對自己的異母兄弟們做的那樣，國王陛下也在上位後做了一樣的事情，理由都是現成的，皇室和法律上並不承認婚外情的孩子的地位。

「您都不管管您的好孫子嗎？！」前太子怒氣衝衝的去找自己退位的母親理論。

「我連自己的兒子都管教不好，又怎麼能奢望管教好孫子呢。」退位的女皇陛下是這樣說的。

「……母后，您明明答應過我的。」

「是啊，我答應你的，在我在位期間，我會承認那孩子的身分，但現在我已經退位了，還能不能承認那孩子就是現任國王陛下的事情了。」極其厭惡婚外情和私生子的女皇陛下，又怎麼可能真的讓那對噁心了她近三十年的母女好過。

無奈之下，前太子只能去找現任國王，「那可是你的姐姐，你怎麼敢……」

「朕怎麼不敢？父親。不要忘了，朕才是國王。」已經受夠了自己一輩子都天真到愚不可及的父親的國王陛下，終於把他這麼多年的怒火全部都發洩了出來，「朕有權力也有責任維護這個國家正常禮教。不要說剝奪信陽的爵位了，父親，您最好也低調一點，否則您的好妻子也未必能繼續享有她王妃的待遇！」

「你在威脅我？」

「如果您一定堅持這麼認為的話，朕也無可奈何。朕只希望從來都不太瞭解朕的您能記住一件事情，朕是個說話算話的人。」

「我看你敢！」

國王微笑，什麼都沒說，只是用實際行動表示他真的是個說話算話的人。很多年後，等他的父親去世之後，他剝奪了那個間接害死了他母親的女人的一切，冷眼旁觀著她淒涼的晚年，直至她死。

——朕怎麼不敢呢？我親愛的父親。

與此同時，信陽和她那個虛偽的母親則找上了蛋糕——現在應該叫皇后陛下了。彼時皇后陛下正在……刷網文、逛網路購物。即便地位變得再高，蛋糕本質上還是她自己沒變。

「妳這個下賤的平民！讓妳的丈夫把我的東西還給我！」至今還沒有搞清楚狀況的信陽表現的傲慢極了。

蛋糕優雅一笑，心想著：妳還真是沒辜負我的期望，就這麼闖進來了，哈！

「妳想幹什麼？」信陽終於感覺到了不對勁。

蛋糕沒有回答，只是招招手，讓她身後早就在整裝待命的宮廷侍衛圍了上去，不屑的看著信陽和她的母親道：「私闖皇后的寢宮，在法律上要受到什麼懲罰來著？我這個平民剛當上皇后沒多久，記憶不太好。哦，管他呢，我是皇后，我說了算，對吧？」

「是的，皇后殿下，在您的寢宮，您就是法律。」皇后的女官很配合的立刻回答，「法律上規定了，皇后陛下可以在她的寢宮責備任何人，包括國王陛下。」

「我看妳敢！」一直在蛋糕面前端著婆婆架子的女人終於忍耐不下去了。

「我為什麼不敢？」蛋糕不可思議的看著前太子妃，這樣的人當年到底是怎麼ＰＫ掉她丈夫的母親的？

「這是我的女兒，她是這個國家的郡主，她是國王的妹妹！而我是國王的母親！」

「我怎麼聽說我丈夫的母親在我丈夫還是個孩子的時候就去世了呢？而我的婆婆只有我丈夫一個兒子。永遠的唯一的太子妃殿下，您應該聽過這個說法吧？算了，我為什麼要和一個平民說這些，把他們給我趕出皇宮，不知道國王陛下已經下令了嗎？這裡不歡迎外人。」

「你們碰我一下試試！誰給你們的膽子！」

「我給的。」

「對付那些不要臉的人，你就不能和他們講道理。」事後蛋糕是這麼對祁謙說的。

「心情很爽？」

「爽透了！你是不知道那個老女人在我和子華剛結婚，子華還沒當國王的那段日子裡的嘴臉，架子擺得多高啊，好像她馬上就是下一任皇后似的，實在太可笑。」那大概是蛋糕這輩子最低聲下氣的一段日子了，她哪裡受過那種鳥罪。幸而，所謂的惡毒婆婆的生活她沒享受多久，就不用再承認這個婆婆了，「眼不見心不煩，這輩子都不用再看到那對裝腔作勢的噁心母女了。」

「注意言辭，皇后陛下。」

「皇后也是人。」

◎◆◎◆◎◆◎

新曆四七四年。

有人來採訪費爾南多和祁避夏。

眾所周知，在祁謙十八歲那年，其父祁避夏與戀人費爾南多在祁避夏的私人小島上舉行了盛大的戶外婚禮。

眾所也知的是，在祁謙二十八歲那年，結婚十週年整的祁避夏和費爾南多夫夫接受了白氏電視臺一檔感情類訪談秀的邀請，談談他們從相識到相守的二十二年時光，也順便記錄一下此時他們的幸福放給以後的自己看。

這對夫夫的婚姻生活過得一直很高調，無論是後來挖出來的費爾南多沒退役前每場球賽都能看到祁避夏在觀眾席的身影，還是後來婚後祁避夏拍戲的片場總是少不了費爾南多，他們這樣不忌諱任何人的秀恩愛讓不少人都大呼：秀恩愛，分得快！

但事實卻是，相識二十二年，相戀十二年，結婚十年，他們對彼此始終如一，從未出現過任何一條緋聞。費爾南多這樣的乖寶寶，公眾可以理解，但祁避夏？那個年少時期就女友不斷的祁避夏……這太不可思議了。

可偏偏祁避夏就做出了這樣的不可思議。為避嫌，結婚之後無論男女，他從未與人單獨出去吃過飯，身邊總有費爾南多或者經紀人助理的身影，根本不給八卦記者任何一絲一毫製造緋聞的可能。

他更是在採訪裡直言不諱的表示：「希望各位媒體朋友能手下留情，給我的婚姻一條生路。我要是真做錯事了，隨你們報導，但我要是沒有，也希望你們別子虛烏有的冤枉人。」

——費爾……對我來說真的很重要。

節目組為了配合祁避夏夫夫想要記錄日常生活的目的，特意把那期採訪的地點定在了祁避夏家，早早的敲響了大門，還以為能拍到一些很生活化的睡眼懵惺，結果……

祁家四口早已經吃完早飯，該幹嘛的幹嘛去了。

替節目組開門的是祁謙，一般這個工作是管家和傭人的，但他們的長相不適合曝光在媒體面前，要不簽訂的那些保密協定也就沒有任何意義了，祁避夏最討厭的就是旁人透過他身邊伺候的人打聽他的隱私。

「這麼早？」主持人還以為自己已經很早了。

「我們每天早上都要晨跑。」費爾南多笑著遞上了一杯香濃可口的咖啡給主持人，相比其他退役之後紛紛發福的體育明星，費爾南多這個已過四十歲的前球王卻依舊保持著過去健美的體型。

主持人也是知道祁家晨跑的習慣的，據說是小時候為了養成殿下良好的生活習慣，只是他沒想到他們竟然真的能保持這麼多年。

「你們談。」在陪坐了一會兒之後，祁謙就戴著谷娘眼鏡回了自己的房間，他最近正在全國人民都知道「看動漫」的假期中。

祁避夏則和費爾南多帶著主持人和節目組先參觀了一下他們的家。

祁避夏的豪宅上過無數次的媒體，沒什麼隱私問題，觀眾也是屢見不鮮，每次一曝光大家唯一能感慨的就是：「臥槽，又換裝修風格！」又或者：「嗷嗷我殿這個生活照以前沒見過啊，求截圖舔屏！」

這一次節目組的重點是祁避夏和費爾南多的主臥室，以及他們主要生活的幾個房間，好比他們全家共同的榮譽室、收藏室。

榮譽室不用說，裡面擺滿了祁家四人獲得的獎盃和獎章，哪怕是除夕也有「最傑出年輕企業家獎」。

「這個可以開一個小型的展覽了。」主持人看著滿屋子的國際大獎感嘆道。

細心的觀眾則會發現，這一次的榮譽室比他們上次從電視上看到的又要大了一些，祁避夏和祁謙每年都會為這裡增加不少新成員。

收藏室有四間，家裡成員一人一間，他們每個人都有自己不同的藏品。

費爾南多是他職業生涯和不同球員互換過的球衣，有巨星，也有普通球員，有稀奇古怪的球號，也差不多集齊了全C國和B洲的全部聯賽俱樂部，有些是費爾南多自己主動換的，有些是有人找他換的，為以示尊重，費爾南多將它們全部掛在了自己的收藏間裡。

而擺在球衣架子最顯眼的位置上，是一件一看就是五、六歲小孩穿的迷你球衣，B洲國家隊的樣式。

「這不會就是……」主持人一下子就激動了起來。

「是的。」費爾南多點點頭。

熟知祁家的人沒有不知道這件球衣的，祁謙不到六歲那年在B洲世界盃揭幕戰上當球童的球衣，費爾南多主動拿簽有B洲全體明星球員和教練的球衣跟祁謙換來的。

這一下子勾起了不少人的追憶，過去好像就近在眼前，那個抱著泰迪熊的天才男孩再一次重新回到了人們的腦海。

祁避夏的收藏則是……一車庫各式各樣的跑車。別人收藏名車模型，祁避夏收藏名車。

「這可真是個燒錢的收藏愛好。」

「可不是嘛。為了養這個家，阿謙也是很辛苦啊。」費爾南多打趣道。他們四人都不缺錢，也都有各自不菲的金錢來源，但祁謙卻總是堅持要由他來養家。

祁避夏在一邊笑得得意極了：我兒子！

最終，他們一行人回到了客廳，正式開始了訪談。環顧客廳，最醒目的莫過於多年前祁避夏一家四口留下的合影牆。時光荏苒，上蒼好像格外的眷顧這一家，十年前的合影與此時祁家四人的容貌並沒有太明顯的區別。

「這面牆的來歷我想很多觀眾都知道，是殿下的主意。作為一專業的主持人，我肯定不會再問出『這面牆背後的故事』這麼有失水準的問題，我只想問些大家不知道的。」主持人眨眨眼，衝著祁避夏和費爾南多夫夫問：「有什麼是我們不知道的嗎？」

作為公眾人物，祁家四個都是十分優秀的人物在公眾面前就很少擁有「隱私」這個奢侈的東西，君不見多年前祁避夏陪兒子祁謙跑個步都能一週七天不換花樣的連續上報紙頭條。

不少觀眾在看到這裡的時候都覺得主持人可「太難為人」了。

祁避夏夫夫倒是相視一笑，在一番結婚十年的今天依舊能閃瞎人狗眼的甜蜜氣氛之後，由祁避夏首先開口：「我這裡還真有一個，肯定很多人都不知道費爾其實比我大。」

不知道是因為什麼，也許是在他們結婚的時候，祁避夏已經有了一個十八歲大的兒子的緣故，在很多人固有的印象裡他們總以為費爾南多比祁避夏小，甚至還不是小了一點半點，而是小了很多的那種老夫少夫組合。但事實上，費爾南多與祁避夏同歲，甚至比祁避夏還要大上三個月。

採訪秀在後來播出的時候，在這段裡插入了一段剪接的舊影片。

新曆四五四年，二十歲的的祁避夏是全球聞名的演藝圈「壞小子」，未婚生子，有個快六歲大的兒子，他演唱了那年世界盃的主題曲；而同樣二十歲的費爾南多卻已身披國家隊十號戰袍，率領著世界盃上平均年齡最低的Ｂ洲國家男子足球隊，開始了為國爭光的世界盃之旅。

看似本該毫無交集的兩人，就在那屆世界盃的揭幕戰上因祁謙和《因為我們是一家人》而在綠茵場上相遇邂逅。

影片裡，肆意張揚的祁避夏從球場的左通道離開，完成了又一次完美的現場演出；意氣風發的費爾南多牽著不到六歲的祁謙的手從右通道上場，開始了他偉大的征程。

主持人表示：「看來殿下是你們的媒人了？」

「可以這麼說。」祁避夏與費爾南多一起點了點頭。

「謙寶小時候有個朋友很崇拜費爾，費爾知道之後，不僅把自己簽名的球衣給了謙寶，還拉動了全隊一起幫謙寶簽名，謙寶為此高興了很多天。你是不知道謙寶這種高智商兒童小時候有多難討好，我當時真的特別感激費爾。」祁避夏是個徹頭徹尾的兒控，哪怕在兒子二十八歲的今天也還是很控。

「後來避夏給了我他還沒上市的新曲唱片以及簽名作為回禮，我特別驚喜，因為那時候我們全隊都是避夏的歌迷。」費爾南多藉著祁避夏的話說道，順便把祁避夏準備跑題跑到兒子身上的心拽回了正題。

「對，陛下那個時候可是有好幾張白金唱片在手的流行音樂小天王，我可以說是聽著陛下的歌長大的。」主持人一臉對青蔥歲月的追憶，在他那個年代沒聽過祁避夏的歌可是會被同學嘲笑的。

「我不算是聽著避夏的歌長大的，但我是看著避夏的電影長大的。」費爾南多也被勾起了不少回憶，「我也說個大家不知道的事情好了，避夏也不太知道。」

祁避夏猛地回頭，一臉的不可思議，結婚十年他們無話不談，他以為他們已經對彼此再沒有秘密了。

主持人的眼睛一下子就亮了，沒想到真的會挖到料！這個在事先商量的臺本裡可沒有。

「我小時候其實挺討厭避夏的。」費爾南多緩緩的開啟了一段塵封多年的回憶。

費爾南多出生在B洲首都……隔壁的郊區，與不輸給世界任何一流城市的國際化首都隔海相望，橋的那邊是繁華的首都，橋的這邊則是貧民窟一樣的郊區。在敏感的青春期，費爾南多甚至做過堅持介紹自己是首都人而從不說自己家鄉的蠢事，生怕同學、隊友看不起。

當然，現在的費爾南多已經過了那段現在想想都會覺得羞愧的年紀，他明白了什麼樣才是真正的能讓人看得起。

費爾南多源源不斷的對自己家鄉投資捐款，只為了讓那裡能成為一個讓孩子們可以自豪的告訴別人我來自哪裡的美麗城市。過去提起那裡，大家想的只會是髒亂差勁、治安混亂等名詞，如今提到那裡，人們第一反應想到的卻是「哦，那是球王費爾南多的家鄉」。

費爾南多成功的做到了讓他的家鄉以他為榮，因他而變得更加美麗。

如今擁有一切的費爾南多，反而最感謝的就是那裡，正是在那差不多同樣大小的鴿子籠般狹窄的地方，教會了他什麼叫快樂的足球，以及華麗的踢球技巧。他和他的小夥伴們踢著一個甚至都不能稱之為足球的東西穿街走巷，躲避人群和攤販，在整個街區留下歡聲笑語。

「我們那個時候窮到什麼地步呢？唔……大概你們都很難想像，我童年唯二的娛樂就是一個縫縫補補無數次的皮球，以及整個街區共同擁有的唯一一臺電視機，還是淘汰下來的……」

就是透過那臺電視機，費爾南多第一次知道了世界有多大，第一次知道了世界盃，第一次知道了祁避夏。

「我媽那時候總愛跟我說，看看與你同齡的祁避夏，他在幹什麼，而你又在幹什麼。」

《孤兒》的祁避夏雖然生活艱苦，但是積極向上，與養父的感情深厚，最終透過自己本身的勤奮努力改變了自己的人生。那對於費爾南多所在的貧民窟裡的每一個人來說就像是童話，無論大人小孩都在嚮往著的終極夢想，電影裡聽話懂事的祁避夏給他們所有人都留下了足夠震撼的深刻印象，哪怕如今去問，那裡的老人也能記得電影裡祁避夏堅強的燦爛笑臉。

小孩子大概總是很討厭父母拿自己和別人比較，對於那個時候的費爾南多來說，祁避夏就是別人家的小孩，他討厭的小孩。

「我都不知道這些。」祁避夏聽完之後滿臉內疚的看向他最愛的人，曾經他覺得自己是這個世界上最苦的人，命運坎坷，蒼天不公，但等聽過費爾南多小時候的生活環境之後，他才意識到過去的自己有多無病呻吟，他真的很慚愧。雖然聽過塔茲嬸嬸說費爾南多小時候就看過他的電影，但他卻沒想到費爾南多是在什麼情況下看的。

整個街區只有一臺電視，只能重複的看僅有的幾個頻道，總是充斥著他的電影……

「你知道這些能做什麼呢？」費爾南多反而從始至終都在笑著，「親愛的，我跟你說這些不是為了告訴你我過去有多苦，而是為了告訴你是什麼造就了如今的我，深愛你的我。」

「因恨生愛嗎？」主持人問道。

費爾南多搖搖頭，「不，我小時候一直很討厭避夏，特別堅持，只有討厭，沒有喜歡。雖然塔茲嬸嬸總是說我小時候特別愛看避夏的電影，十分專注，事實上我那不是喜歡，而是在研究我的假想敵，想像我要如何超越他、打敗他。」

「那後來是什麼讓你轉變了這種想法？」

「十三歲那年，我父母在艱苦的工作中雙雙意外去世……」費爾南多的聲音漸漸低了下來，「那個時候我消沉了很久，直至在電視上再一次看到了避夏。」

「我父母也差不多是在我那個年紀去世的。」祁避夏一下子好像明白了什麼。

費爾南多點點頭，「看著電視裡『墮落』的你，我不知道別人是怎麼想的，我只是突然在那一刻理解了你眼神背後的意思，雖然你根本不認識我，我卻還是有了一種同病相憐的感覺。你的故作堅強，你……一切的一切，都讓我很心疼你，那也成了我重新振作努力奮鬥的原始動力，我想認識你，我想在你需要人的時候陪在你身邊。當然，那是我的理解，我覺得你需要一個人陪著你、愛你、永遠不離開你。」

當然，後來費爾南多才知道，哪怕是國內最強的球星，他也未必能認識在國際上活躍的祁避夏，他們的差距實在是太大了。

要是沒有祁謙和《因為我們是一家人》，他們大概永遠都只能僅限於粉絲和明星之間毫無交集的關係了。

費爾南多沒有什麼好口才，他是體育運動員，需要的是優秀的身體素質，而不是一個能白天騙鬼的口才。所以在和祁避夏這麼多年的婚姻裡，費爾南多幾乎沒怎麼說過什麼浪漫的話，他只是在用他的行動表達他的愛。

這是第一次祁避夏聽費爾南多說這些，卻足夠他感動得一句話都說不出來。

「但是你們不是在認識十年後才在一起的嗎？」主持人疑惑極了。

費爾南多點點頭，「是的，我們是在認識十年後才在一起的，還是因為很烏龍的媒體報導，我們當時並沒有在一起，不過那反而是啟發了我們，很神奇的緣分。在那之前我其實沒有明確的喜歡過什麼人，畢竟每天的鍛鍊就已經很辛苦了，實在是沒空想東想西。最初想陪著避夏只是單純的作為一個粉絲對於偶像的那種感覺，這種感情什麼時候變質了，說實話我真的不知道。當我知道的時候，我只是一下子就明白了，就是他了，這輩子我非他不可，如果他不喜歡我，我就以朋友的身分一直照顧他，直至他找到他的戀人。」

在費爾南多從小的教育裡就是這樣，無論是他的父母還是他的嬤嬤言傳身教的告訴他，愛是付出，愛是不求回報，愛是不能給別人造成麻煩。

擁有這樣三觀的人往往總會很不幸的遇到那麼一、兩個不知道珍惜的渣，然後被弄得遍體鱗傷。

幸而費爾南多遇到的不是別人，而是祁避夏，是那個已經因為擁有了一個兒子而開始真正成熟起來的祁避夏。在對的時間遇到對的人，這是世人修行千年也未必能求來的。一個付出愛，一個恰好學會了珍惜。

天生一對，姻緣注定，冥冥之中他們就早已經在等待著彼此，等待著屬於彼此。

◎◆◎◆◎◆◎

新曆四七五年。

在演完《榮親王》之後，祁謙開始了又一次漫長的動漫休息之旅；而在休息結束後，失去了影帝這個奮鬥目標的祁謙，就把他的人生目標轉變了，他答應了月沉的邀請，和他一起創造了一部又一部經典的舞臺劇。

生命不息，作死不止——祁謙的粉絲是這樣形容祁謙的新嘗試的。

在嘗試過舞臺劇後，祁謙參加了一檔環球美食節目。

祁謙就是個吃貨，不僅是他身邊親近的人知道，全世界都知道。在祁謙沒有公開和除夕的戀情之前，他的不少粉絲都堅信祁謙會和速食過一輩子。

事實上，即便和除夕在一起了，祁謙也還是對食物保持著高度的熱衷。

「那是我拍的最快樂的一年半。」祁謙面對媒體直言不諱。

他用一年半的時間走遍全球，吃遍各地特色美食，即便每天都需要工作，臉上也始終洋溢著笑容。最後節目組都累得要對祁謙跪下了，他依舊能精神奕奕的去發現好吃的。

後來那檔美食節目被祁謙的粉絲譽為史上最報復社會的節目沒有之一，美食、美景、美人，他們卻只能看，不能吃！更不用說在拍攝期間，由於時差問題，祁謙深夜在微博上發的那些美食照片，簡直不是人！

不過粉絲都是彈性很大的群體，你S了他們就M了，即便被祁謙的美食誘惑得不行不行的，依舊有大把的人刷著祁謙的微博，或是守著每週祁謙的美食節目，一邊大呼著不能忍，一邊配著泡麵火腿看完整集節目。

當然了，節目除了報復社會以外，也是有福利的，好比當地粉絲有可能偶遇祁謙，又或者是節目組會抽取幸運觀眾和祁謙一起發現一道國外的美食，以及祁謙會空運美食上門，送到粉絲的家中，與他們一起分享美食。

節目裡時常會有祁謙的朋友們來客串，理由無一不是寧可和阿謙一起饞別人，也不想成為等在電視機前那個被饞的。

◎◆◎◆◎◆◎

新曆四七六年。

磨不過祁避夏、費爾南多以及白家諸人的殷切期待，祁謙在和除夕結婚數年後，終於從孤兒院領養了兩個冰雪聰明的孩子，精英風範的哥哥和嬌憨爛漫的妹妹。

《因為我們是一家人》多年後的特別季，再一次邀請了祁謙，這一次祁謙是作為明星家長帶著他的寶貝上節目。觀眾因為孩子們的童真忍俊不禁，也因為這個節目而真正的意識到殿下祁謙這個「國民兒子」已經長大了，成為了一個也能為自己的孩子獨當一面的成年人。

生活就是一個圓，循環往復，生生不息。

◎◆◎◆◎◆◎

還是新曆四七六年。

「爸爸，我總是記不住家人的英文單字，怎麼辦？我一定是整個幼稚園最笨的小孩。」

祁謙收養的小女兒某天哭著來找祁謙，她所在的幼稚園就是祁謙當年上過的那種貴族式的精英幼稚園，雖然C國是世界通用語，但依舊會建議園裡的孩子再選擇一門外語。選定之後他們就會開始上語言課，純外教原生交流，還會定時考試。

「妳不笨，親愛的，只是妳沒有找到正確的學習方法。Family 這個單字的記憶是有技巧的。告訴爸爸，父親這個單字英文怎麼唸？」

「father。」

「哪個字母開頭？」

「F。」

「那我和妳的『和』是哪個單字？」

「and，A。」

「母親呢？」

「mother。M。」

「我愛妳用英文怎麼說？每個單字的開頭又分別是什麼？」

「I love you。I、L、Y。」

「爸爸和媽媽，我愛妳，把它們的第一個字母唸一遍。」

「F、A、M、I、L、Y。family！」小女兒驚喜的發現她記住了，「謝謝爸爸，我愛你！」

在不遠處看著父女互動的祁避夏對費爾南多表示：「你看吧，我說沒事的，你要相信謙寶，他雖然對別人冷淡了一點，但對家人還是很有耐心的。你可以放心了吧？謙寶和他的孩子相處絕對沒有任何問題。」

費爾南多愧疚的點點頭，「我不應該那麼不相信阿謙的。」

「如果說家人就是『爸爸和媽媽，我愛你』，那我們家為什麼沒有媽媽？」小女兒歪頭看向祁謙，她正處於一個對外界事物十分好奇的年齡，總愛問「為什麼」。

「我們家有媽媽啊，除夕就是媽媽。妳知道的，總有些媽媽穿得很中性化。」祁謙一臉認真的跟自己的女兒解釋道。

「……」費爾南多 and 祁避夏。

費爾南多看著祁避夏，真的是此時無聲勝有聲：這就是你所謂的阿謙能教好孩子？

最起碼當媽媽的是裴熠，不是嗎？祁避夏用眼神回答。

◎◆◎◆◎◆◎

也是新曆四七六年。

祁謙的大兒子從小就充滿了精英風範，進入中二期特別早，簡單來說就是覺得除了他和他爸祁謙以外，全世界都是傻子，這個範疇裡也包括了他愚蠢的妹妹，以及蠢萌的爺爺。

這小子最中二的時候甚至鄙視過祁謙：「毀滅地球算什麼？我們的目標是星辰大海！我要當宇宙的王！」

等孩子長大之後，祁謙總愛把這個黑歷史播出來，用以取笑他的精英兒子。

◎◆◎◆◎◆◎

新曆四七七年。

祁謙的小女兒收到了一份來自祁避夏的聖誕禮物——七彩的木琴。為此祁家受了整整一個月的魔音穿耳，直至大兒子悄悄把木琴扔了，才解決了這個麻煩。

為此，祁避夏在家當了三個月的二等公民。

◎◆◎◆◎◆◎

還是新曆四七七年。

自從有了孩子，祁謙、除夕以及祁避夏和費爾南多每半年就會舉行一次全家旅遊活動，帶著孩子出國度假。平時週末的野餐、郊遊什麼的，在祁謙看來算不得度假。

長時間的休息度假的原因有很多，比較科學的是這是一種對於孩子的經驗教育，給了他們更廣闊的視野，去真實的感受這個世界的美麗；比較真實的理由則是……祁避夏總會想盡辦法拖家帶口的一起逃避工作。

◎◆◎◆◎◆◎

新曆五ＸＸ年。

很多年後祁謙才知道，祁避夏用他的名義給兒童孤獨症組織捐款無數，甚至成立了一個相關的基金會組織。

也許很多人都忘記了，甚至包括祁謙，他曾經被診斷出患有一定的心理疾病，祁避夏一力對外隱瞞，不是因為他覺得這很丟人，而是怕別人帶著有色眼鏡看祁謙。

隨著祁謙逐漸長大，他的心理疾病已不再會出現在任何人口中，大家都覺得祁謙好了，祁避夏也這麼覺得的。

只是大家覺得祁謙好了的原因，是離開了壓抑的孤兒院，又有祁避夏這個傻爹無微不至的照顧；祁避夏卻覺得這是他對光明神的祈禱被聽到並實現了，他曾對光明神說過，如果祁謙能好，他願意把用在對祁謙的治療上十倍的錢，捐獻給更需要這筆錢的人，每年。

於是，為了還願，祁避夏就這樣十年如一日的悄悄以「祁謙」的名義，每年無償捐獻出大筆的善款，只因為他害怕他不捐了，光明神就會讓祁謙再一次變回小時候的狀態。

這件事情一直沒被人發現，直至祁避夏去世後才真相大白，而被發現的原因是祁避夏在遺囑裡表示希望祁謙能繼續這樣的慈善，一是這麼多年來的幫助已經成為了祁避夏的習慣，二是他還是堅持認為如果不捐贈，光明神就會收回他對祁謙的祝福。

祁謙在說著祁避夏怎麼能這麼蠢的同時，依然完成了祁避夏的遺願。每年捐贈一筆錢，用於改善、研究兒童孤獨症，幫助那些需要幫助的孩子們，以祁避夏的名義。

「我的父親是個很特別的人，他比任何一個父親都要活潑的多，多很多。愛炫耀，愛表現，也就是傳說中的得瑟。他從不吝嗇對我說愛，也做了很多讓我明白他愛我的事情。可是還有更多他為我做的事情他卻不會告訴我，因為他不想加重我的心理負擔。正是那些事情，在不經意間給我了我最大的感動。」——BY：祁謙，電影《父親》的最後一段旁白。

◎◆◎◆◎◆◎

新曆五X〇年。

除夕和 2B250 一起研究出了能讓祁謙和他外表變老的辦法，但受壽命限制，祁謙終於還是迎來了他息影的那一天。

有很多不捨，但還是必須說再見。

「我可以當你一輩子的觀眾。」除夕吻著祁謙的脣角這樣溫柔的說道。

——人世繁華，幸好有你與我共度。

◎◆◎◆◎◆◎

新曆六X〇年。

在百年之後，祁謙和除夕假死，換了一個身分重新開始生活。

祁謙在電影院裡，看到了飾演「祁謙」的演員。後人總是在循環往復的詮釋著前人的生活，一如祁謙詮釋了榮親王，祁謙的後輩詮釋了祁謙，這個C國電影史上的瑰寶、傳奇，史詩級的影帝。

《祁謙年》這部電影是根據祁謙「生前」留下的大量影片、音訊資料，以及親朋好友的自傳中對他隻言片語的描述，耗時多年的心血之作，電影主要講述的不是祁謙的成功，而是他的愛情。

祁謙改頭換面，拉著除夕悄悄看了那場電影的首映會。

「感覺如何？」除夕在黑暗中附在祁謙的耳邊輕聲問他。

「他們徹徹底底理解錯了我爸爸。」祁謙如是回答，「祁避夏那個蠢爹怎麼可能像電影裡演的那麼霸氣，還教會『我』要愛就放心大膽的去愛，嘖！」

動漫裡大BOSS裡的那句話是怎麼說的來著？

憧憬是理解最遙遠的距離。

最後的最後，講個冷笑話：

如果當年祁謙迫降地球的地點換了，沒有遇到除夕會怎麼樣呢？

2B250：【✓】毀滅地球。

番外《祁謙的全部日記》完

《來自外星的我》系列全套四集完結：

《來自外星的我多了個蠢爹？》、《來自外星的我靠尾巴賣萌！》、《來自外星的我也想談戀愛！》、《來自外星的我與你在一起。》，全國各大書店、租書店、網路書店持續熱賣中！

總裁大人の求愛攻略
Novel----- 霧十
久木 -----Illust
全套兩集。全國各大書店、租書店、網路書店持續熱賣中!
讀作傲嬌
黑屬性
Star
粉紅總裁的少女心
火熱全開!!
我就是有錢、
我就是任性；
總之，
三個月內
我就是要結婚!!!
嗯，就決定是你了，皮卡丘!!
哈、哈。
(有種，有本事你就試試)
典藏閣
華文聯合出版平台
www.book4u.com.tw
采舍國際
www.silkbook.com
不思議工作室
立即搜尋
版權所有© Copyri

飛小說系列173

來自外星的我04（完）

來自外星的我與你在一起。

出版者■典藏閣
作　者■霧十　　繪　者■瑞讀
封面設計■Aloya　　企劃編輯■夏荷芠
總編輯■歐綾纖
製作團隊■不思議工作室
郵撥帳號■50017206 采舍國際有限公司（郵撥購買，請另付一成郵資）
台灣出版中心■新北市中和區中山路2段366巷10號10樓
電　話■(02)2248-7896　傳　真■(02)2248-7758
物流中心■新北市中和區中山路2段366巷10號3樓
電　話■(02)8245-8786　傳　真■(02)8245-8718
ISBN■978-986-271-808-7
出版日期■2018年3月

全球華文國際市場總代理／采舍國際
地　址■新北市中和區中山路2段366巷10號3樓
電　話■(02)8245-8786　傳　真■(02)8245-8718

新絲路網路書店
地　址■新北市中和區中山路2段366巷10號10樓
網　址■www.silkbook.com
電　話■(02)8245-9896
傳　真■(02)8245-8819

☞您在什麼地方購買本書？☜

1. 便利商店（______市／縣）：□7-11　□全家　□萊爾富　□其他______________

2. 網路書店：□新絲路　□博客來　□金石堂　□其他__________

3. 書店（______市／縣）：□金石堂　□蛙蛙書店　□安利美特animate　□其他____

姓名：_________ 地址：____

聯絡電話：_________ 電子郵箱：__________________________________

您的性別：□男　□女　　　您的生日：_________年_________月_________日

（請務必填妥基本資料，以利贈品寄送）

您的職業：□上班族　□學生　□服務業　□軍警公教　□資訊業　□娛樂相關產業

□自由業　□其他__________

您的學歷：□高中（含高中以下）　□專科、大學　□研究所以上

☞購買前☜

您從何處得知本書：□逛書店　□網路廣告（網站：_____________）　□親友介紹

（可複選）　□出版書訊　□銷售人員推薦　□其他________________

本書吸引您的原因：□書名很好　□封面精美　□書腰文字　□封底文字　□欣賞作家

（可複選）　□喜歡畫家　□價格合理　□題材有趣　□廣告印象深刻

□其他________________

☞購買後☜

您滿意的部份：□書名　□封面　□故事內容　□版面編排　□價格　□贈品

（可複選）　□其他

不滿意的部份：□書名　□封面　□故事內容　□版面編排　□價格　□贈品

（可複選）　□其他

您對本書以及典藏閣的建議____

____

____

未來您是否願意收到相關書訊？□是　□否

感謝您寶貴的意見

印刷品

$3.5
請貼
3.5元
郵票
不思議信箱
FUSIGI POST

235 新北市中和區中山路二段366巷10號10樓

華文網出版集團　收

（典藏閣－不思議工作室）

來自外星的我 04 完
episode

與你在一起。

I come from
the other side
of the universe.

α
I wanna go home!

NOVEL 霧十
& ILLUST 瑞讀